Bernd Stelter *Nie wieder Ferienhaus*

*Mit Illustrationen
von Tina Dreher*

Bernd Stelter

Nie wieder
Ferienhaus

Gustav Lübbe Verlag

Gustav Lübbe Verlag
ist ein Imprint der Verlagsgruppe Lübbe

Originalausgabe
Copyright © 2004 by Verlagsgruppe Lübbe
GmbH & Co. KG, Bergisch Gladbach

Illustrationen: Tina Dreher
Satz: Bosbach Kommunikation & Design
GmbH, Köln
Gesetzt aus der Adobe Giovanni
Druck und Einband: Friedrich Pustet, Regensburg

Alle Rechte, auch die der fotomechanischen und
elektronischen Wiedergabe, vorbehalten

Printed in Germany
ISBN 3-7857-2155-2

5 4 3 2 1

Sie finden die Verlagsgruppe Lübbe
im Internet unter *www.luebbe.de*

Die letzte Villa

Das Haus war mindestens so schön, wie es im Prospekt ausgesehen hatte. O.K., billig war es nicht. Und abgesehen davon, dass die Dänen anscheinend ganz genau wissen, wie viel man deutschen Familien für einen Urlaub maximal abnehmen kann (sie halten sich exakt an diese Summe!), kostet ein Glas Bier schon mal sechs Euro! Man soll im Urlaub ja auch nicht so viel Alkohol trinken. Bei solchen Preisen lebt man halt gesund.

Aber das Haus! Ein eingeschossiges Blockhaus in einem lichten Grau mit schicken Holzterrassen auf einem wunderschönen Grundstück, sogar der Spielplatz war genauso toll wie auf dem Foto. Der Wellnessbereich verfügte über ein Schwimmbad, eine Sauna, einen Whirlpool und ein Solarium, die Einrichtung war geschmackvoll. Ich hatte die ersten drei Urlaubstage damit verbracht, den Haken zu suchen. Es gab keinen. Kurzum, das Haus war perfekt!

Das Haus stand am Ortsrand von Holl. Das ist ein witziger kleiner Ort an der dänischen Ostseeküste. Holl schreibt sich mit einem Strich durch das o, nur gibt es auf meiner Tastatur kein o mit Strich. Der Strand dort war eher schmal, dafür aber ein gutes Stück natürlicher und vor allem weniger belagert als die Pendants in Rimini oder Cala Ratjada. Außerdem soll man kleine blonde Kinder auch gar nicht unbedingt der südlichen Sommersonne aussetzen, nee, Dänemark war schon genau richtig. Und dann dieses Haus!

Die Dänen sind übrigens Weltmeister im Hot-Dog-Machen. Ich weiß, die herrschende Meinung verlegt dieses Attribut eher nach Nordamerika, aber ich finde, ein Hot Dog schmeckt am besten mit dänischer Sauce, und dänische Sauce können eben am besten die Dänen, deswegen heißt die ja auch so. Direkt neben der Hot-Dog-Bude gab es ein niedliches kleines Geschäft, wo man alles das kaufen konnte, was man als Urlauber so braucht: Sonnencreme, blauweiße Leuchttürme mit und ohne Windlicht, die *Bild*, die *Bunte* und vor allem Schwimmtiere.

Schwimmtiere sind unerlässlich, wenn man mit zwei kleinen Kindern, die beide noch nicht schwimmen können, in ein Traumhaus mit Schwimmbad fährt. Diese Schwimmtiere gibt es in vielen Variationen, als Dalmatiner, Walfisch und Hummer, zum Reinsetzen, zum Draufliegen und zum Überstülpen, aber vor allem gibt es sie nur in einer Qualitätsstufe. Sie sollten so schnell kaputt gehen, dass der durchschnittliche Zwei-bis-Drei-Wochen-Urlauber mindestens zwei davon kaufen muss.

Tristan war dreieinhalb, und Edda war gerade zwei geworden – genau das Alter, das Eltern wirklich genießen sollten. Alle Freunde haben mir erzählt, das geht so schnell vorbei, dass die Kinder so süß sind, und wenn man dann diese Zeit nicht ganz bewusst erlebt hat, dann ist man selber der Dumme. Deshalb freut man sich als Vater auch so, wenn die Kleinen im Schwimmbad rumtollen oder sich auf der Holzterrasse die Splitter in Hände und Füße rammen. Das muss man genießen, denn sonst: Ehe man sich versieht, haben die das Abitur und sind aus dem Haus. Nein, ich wollte gerade diesen Urlaub nutzen, um auch ein bisschen das schlechte Gewissen zu beruhigen. Zeit haben für die Kinder, das ist schließlich die oberste Pflicht für jeden guten Papa.

Und so liefen die Tage dann ab: Ich bin morgens losgelaufen zum Brötchenholen. Währenddessen hat Anne den Tisch gedeckt, und die Kinder haben entweder den Kiesweg gepflügt oder die Steine in die Küche getragen, sich mit Sand beworfen oder sich noch mehr Splitter in die Hände oder die Füße gerammt.

Dann haben wir gefrühstückt und danach die verwüstete Küche renoviert. Man traut sich in so einem tollen Haus nun mal nicht, einfach irgendetwas rumliegen zu lassen. Also hat einer die Küche wiederhergestellt, und der andere war mit den Kindern auf dem traumhauseigenen Spielplatz.

Zum Mittag gab es nur eine leichte Kleinigkeit, einen Salat, ein paar Nudeln, irgendwas, was den Kindern schmeckt, aber nicht zu schwer ist, denn der noch ausstehende Hot Dog hat ja auch ein paar Kalorien. Und nachmittags ging es dann an den Strand. Abends habe ich eine Geschichte vorgelesen, und während Anne dann die zweite Geschichte vorgelesen hat, fragte ich mich wieder einmal, warum die Kinder von anderen Leuten vom Rumtollen müde werden und nur in genau unserer Familie wird man davon wach!

Halb neun, na, wollen wir mal ehrlich sein: halb zehn. Die Kinder waren im Bett. Alle verfügbaren Psychotricks (Papa, ich hab noch Durst! Mama, ich muss noch mal Pipi!) waren aufgebraucht, der Monstermoppel und die Prinzessin lagen in ihren Kissen und schliefen.

Anne hatte die Füße hochgelegt, sie hatte sich ein Buch geholt. Ich musste nicht nachschauen, was für ein Buch. Sie entspannt mit psychopathischen Serienkillern am besten. Das Buch war noch geschlossen, aber die Tafel Schokolade war schon aufgerissen. Ich soll sie immer daran erinnern, dass sie keine Schokolade essen will. Sie möchte nämlich immer noch das kleine Bäuchlein loswerden, das als Erinnerung an zwei Schwangerschaften übrig geblieben ist.

Doch sollte ich so diesen Tag beschließen? Mit dem Satz: »Liebling, du wolltest doch keine Schokolade essen!«? Sie hätte wahrscheinlich gesagt: »Ja, danke, du hast Recht!« Dann hätte sie ihr Buch genommen, und sie wäre ins Bett gegangen. Genau das wollte ich nicht. Ich wollte ihr zusehen, wie sie den Kopf auf die Sofalehne legt, als betrachtete sie den Himmel über Dänemark.

Das konnte sie natürlich nicht. Sie hätte vielleicht die weiß gestrichene Decke unseres Traumhauses betrachten können, aber auch das nur mit geöffneten Augen. So träumte sie sehr wach, kaute an einem Stück Kaffee-Sahne-Schokolade und lächelte dabei, als hätte sie gerade das Glöckchen gehört, weil das Christkind vor der Tür steht.

Ich mag es, wenn sich der Haaransatz an den Schläfen beim Kauen bewegt. Ich mag auch das Bäuchlein. Ich werde sie niemals an ihre diversen Diäten erinnern! Ich glaube, wenn sie Schokolade isst, dann liebe ich sie am meisten!

Sie öffnete die Augen und nahm das Buch zur Hand, schlug es aber nicht auf. »Woran liegt das eigentlich, dass wir hier die einzigen Leute in der ganzen Siedlung sind?«

Ha, da war er, der Haken, aber immerhin hatte es vier Tage gedauert, ihn zu finden. Warum sind wir hier die einzigen Leute in der Siedlung? Wir konnten diese Frage nicht beantworten, aber es war auch erst Donnerstagabend. Und diese Frage lässt sich in Holl mit einem Strich durch das o nun mal an Donnerstagen nicht beantworten.

Am Freitagnachmittag, da erfährt man das dann. Denn am Freitagnachmittag kommen die Besitzer der umliegenden Traumhäuser, um ihr Wochenende darin zu verbringen.

Diese Besitzer haben übrigens keine Kinder. Wahrscheinlich ist das in Dänemark wie in anderen Ländern auch. Kinder sind teuer, und wenn die Kinder aus dem Haus sind, dann kann man sich das Haus leisten. Das ist wie mit dem Porsche, auch der Porsche ist teuer, und wenn man ihn gebrauchen kann, weil man ein flotter, potenter Feger ist und mit dem notwendigen Coolnessgrad ausgerüstet, um in einem Porsche so richtig klasse auszusehen, dann kann man ihn sich nicht leisten.

Aber wenn man die sechzig überschritten hat, wenn kein oberes Haupthaar bei Cabriofahrten dem Wind trotzt, wenn der Ischias eigentlich nach einem Auto verlangt, in das sich leichter einsteigen lässt, dann kann man sich vielleicht so ein Auto leisten. Man sieht dann in dem Wagen nicht mehr so klasse aus, aber wenigstens fühlt man sich dann so!

Holl mit dem Strich im o war nur am Wochenende bevölkert – von älteren dänischen Ehepaaren. Von kleinen Spielkameraden war weit und breit nichts zu sehen. Unserem Drei-Wochen-Arbeitsvertrag als Vierundzwanzig-Stunden-Animateure der eigenen Kinder stand nichts mehr im Weg. (Das ist auch gut so, denn irgendwann haben die das Abitur, sind aus dem Haus und dann ist man selber der Dumme.)

So ein Schwimmbad lässt als Anziehungspunkt für kleine blonde Kinder ziemlich schnell nach, wenn man es jeden Tag haben kann. Der Whirlpool war für Tristan schon mal überhaupt nichts. Das Gerät war wirklich groß genug für die ganze Familie, wie sich das so gehört für ein Traumhaus. Aber als wir dann drinsaßen und fröhlich vor uns hinblubberten, weigerte er sich beharrlich, mit reinzukommen.

Wir konnten uns seiner Argumentation allerdings nicht entziehen. Sein »Ich will nicht kochen!« war einfach so überzeugend, dass wir uns zur Freizeitgestaltung schon noch ein paar Alternativen überlegen mussten.

Genau das dürften die Dänen geahnt haben. Ich glaube, nirgendwo sonst auf der Welt gibt es eine solche Dichte an Zoos, Aqua-Zoos, Tierparks und Vergnügungszentren, die nur darauf warten, dem Familienoberhaupt sechs Euro für ein Bier abzuknöpfen!

In einer einzigen Woche waren wir im Kategatt-Center zum Haiegucken, im Zoo von Odense mit den Elefanten und den lustigen Äffchen und im Legoland in Billund.

Die entsprechenden Autofahrten brachten immerhin den nicht zu unterschätzenden Vorteil mit sich, dass unsere beiden Süßen durchaus mal ein Stündchen Mittagsschlaf hielten, wenn sie in einem fahrenden Auto saßen. Denn ansonsten waren sie durch nichts in der Welt dazu zu bewegen.

Das Kategatt-Center hat meinen Sohn so beeindruckt, dass er noch nach Wochen allen vom Kategatt-Center berichtete. Und Kategatt-Center von einem Dreieinvierteljährigen ausgesprochen bot immer wieder ein hohes Entertainment-Potenzial. »Tristan, erzähl der Oma noch mal, wo waren die Haie?« – »Im Katagasenta!«

Es war also ein Traumurlaub in unserem Traumhaus in Holl mit dem Strich durch das o, nur von Erholung konnte keine Rede sein. Anne hat noch drei Seiten lang Mörder gejagt, ich habe den Reiseführer auf der Suche nach weiteren Ausflugszielen durchstöbert. Dann sind wir hundemüde in die Kiste gefallen.

Eines Morgens klingelte das Handy. Bettina war dran. Bettina ist fünf Jahre älter als ich, Bettina ist mit Rainer verheiratet, die beiden haben nicht zwei, sondern vier Kinder, und Bettina ist meine Schwester.

»Habt ihr nicht Lust, uns auf dem Campingplatz zu besuchen? Wir sind auch in Dänemark, auch in Jütland, nur oben im Norden, in Fjerritslev!«

Klar! Da bot sich wieder einmal die Möglichkeit, Tristan und Edda ein ausgiebiges Mittagsschläfchen zu verpassen. Es gab keine unbesuchten Zoos mehr, und wir hatten noch fünf Tage. »O.K., am Samstag, wir fahren direkt nach dem Frühstück los! Dann bis übermorgen, Ciao-i!«

Andere Leute haben es besser

Ich hatte eigentlich gedacht: Dänemark ist ein kleines Land, Jütland ist noch kleiner, also wird das wohl die Kategorie Fahrtstrecke sein, die ich gewöhnlich auf einer Pobacke abreiße. Dann los: *Rolf Zuckowski und seine Freunde* in den Schacht des Kassettenradios, und auf ging's.

Seit diesem Tage weiß ich, wie groß Jütland ist, und seit diesem Tage weiß ich, ich habe nichts gegen Rolf Zuckowski, im Gegenteil, nächstes Mal werde ich sogar mehr als eine Kassette dabeihaben. *September, Oktober, November, Dezember und dann... und dann..., fängt das alles noch einmal von vorne an.* Und das im wahrsten Sinne des Wortes. Wir haben so oft zurückgespult, dass ich schon fürchtete, die Kassette würde irgendwann reißen. (Was heißt hier »fürchtete«? Ich hätte in diesem Urlaub einiges darum gegeben.)

Wir kamen trotzdem gegen Mittag in Fjerritslev auf dem Campingplatz an. Bettinas Kinder standen schon sehnsüchtig an der Schranke, um uns in Empfang zu nehmen.

Bettina und Rainer haben ein Zelt, ein holländisches, in der Form eines Kriechzeltes, aber von gewaltigen Ausmaßen, mit zwei Schlafabteilen und noch richtig Platz für Tisch und Stühle und Kocher.

Mich überfiel eine gewisse Sentimentalität. Als ich

ein kleiner, dicker Junge war, sind wir mit unseren Eltern auch immer mit einem Zelt in den Urlaub gefahren. Das war genauso ein riesengroßes Ding, oder es kommt mir heute nur so riesengroß vor. Ein Haufen Stangen, eine Menge Stoff, dazu natürlich Kocher, Gasflasche, Stühle, Tisch, Luftmatratzen, Schlafsäcke, meine Eltern, Bettina, ich und meine Cousine, und das alles in einem VW Käfer. Ich weiß noch sehr genau, immer wenn wir abbauten, hatte sich der halbe Campingplatz um unser Zelt versammelt. »Mal sehen, wie ihr das ganze Zeug in das kleine Auto kriegen wollt.«

Papa hat das jedes Mal geschafft. Er war Weltmeister im Große-Zelte-in-einen-Käfer-Packen. Die dicken Pullover kamen dabei in die Rückbank. Die war dann hinterher so hart, mir tut heute noch bei dem Gedanken daran der Hintern weh.

Dabei reizte mich Zelten noch immer. Aber wie sollte ich das Anne beibringen? Sie hatte nun mal eine ganz andere Kindheit als ich. Sie erinnerte sich am liebsten an die Fahrt mit ihren Eltern durch Schottland. Immer anders übernachtet, mal *Bed and Breakfast*, mal ein tolles Hotel. Aber Camping? Da hast du Luftmatratze statt *Bed*. Und wenn du nicht beim Campingplatzbäcker in der Schlange gestanden hast, dann ist da nichts mit *Breakfast*. Nein, Camping, das wäre nichts für sie, da war ich mir sicher.

Es gab frischen Kaffee und dänische Plätzchen! Das Wetter war gut, wir saßen vor dem Zelt, und ich stellte erstmalig fest, dass nicht jeder Campingstuhl die Tragkraft aufweist, einem Zwei-Zentner-Mann eine würdevolle Sitzhaltung zu ermöglichen. Andererseits haben sich alle sehr amüsiert, als der Stoff nachgab und mein Gesäß sich tief zwischen dem Alurahmen positionierte; also – alle außer mir!

Der Nachbar hatte einen Wohnwagen. Auf dem Wohnwagen stand Eifelland, aber der Nachbar kam aus Münster. So ein Wohnwagen ist auch was Spannendes. Darin gab's ein Etagenbett für die Kinder mit einer kleinen Spielecke. In der Sitzecke habe ich dann mit dem Nachbarn noch ein Bier getrunken, und dabei hat er mich in die Geheimnisse der Anhängerkupplung eingeweiht.

Anne gefiel der Wagen auch, aber sie wollte kein Bier. »Was mich stört, ist das ständige Umbauen. Wenn man schlafen will, muss man die Sitzecke abbauen und das Bett basteln, und am nächsten Morgen zum Frühstück wieder zurück!« Das sei also überhaupt kein Problem. »Das geht so ruckzuck, das dauert keine zwei Minuten.«

»Wo sind eigentlich die Kinder?« – »Mit unseren unterwegs auf dem Spielplatz! Macht euch keine Sorgen, die passen schon auf!«

Bettina stand die Erholung geradezu ins Gesicht geschrieben. Sie leitet einen Kindergarten in Lünen, und als ich sie das letzte Mal besucht hatte, da konnte man schon sehen, dass das gar kein so leichter Job ist. Aber hier in Fjerritslev war scheinbar alles anders.

Mir fiel die Geschichte damals am Rosenfelder Strand ein. Der Rosenfelder Strand an der Ostsee gliedert sich in Rosenfelder Strand (Textil) und Rosenfelder Strand (FKK). Wir waren am Rosenfelder Strand

(Textil). Rainer war zu der Zeit bei der Bundeswehr in Neumünster, er hatte eine Übung in Puttlos, und er kam zu Fuß mit dem Rucksack zum Campingplatz marschiert. Ich wusste damals schon, dass Liebe schön sein sollte, ich hatte schließlich auch die *Bravo* gelesen. Aber dass sie so schön sein konnte, dass man von Puttlos bis zum Rosenfelder Strand zu Fuß …! Na ja, ich war halt ein kleiner, dicker Junge.

Bettina war sechzehn, und Rainer musste in einem Extra-Zelt schlafen, darauf bestand der Papa. Aber gegen ein Mittagsschläfchen, da hatte er nichts einzuwenden.

Eines Nachmittags erschien er zum Kaffee, hielt triumphierend eine kleine Packung in den Händen und fragte in die Runde: »Wer raucht hier Blausiegel?«

Ich war damals wohl der Einzige, der den Gag nicht verstanden hatte, vielleicht kann ich mich deshalb noch so gut daran erinnern.

Diese alten Urlaube fielen mir wieder ein, als ich Bettina sah. Sie war gelöst, sie lachte, nicht nur, als ich mich in den Stuhl »hineinversetzte«, sie war einfach meine große Schwester von damals.

Sicher kann ich das nachvollziehen. Aufstehen, frühstücken, Kinder weg! Aber will man das? Irgendwann haben die Abitur …

Der andere Nachbar hatte einen LMC und Tuborg-Bier und statt eines Vorzeltes nur ein Vordach, allerdings mit Wänden an beiden Seiten. Das war der Kompromiss, denn er hatte eigentlich immer gezeltet. Jetzt hatte er die Vorzüge des Wohnwagens, aber draußen noch das Ursprüngliche! Der Wohnwagen hatte sogar Teppichboden, das würde er beim nächsten Mal aber nicht mehr machen, denn in dem Teppichboden setzte sich der Sand so fest.

Es ist schon unpädagogisch, wenn man die Kleinen einfach nur so laufen lässt. Also sind wir zum Spielplatz gestiefelt. Aber dann schauten wir wirklich nur von weitem. Unser Blick fiel auf eine Menge vollkommen zufriedener Kinder, darunter zwei ganz blonde, von denen ausnahmsweise keines gerade dabei war, sich Splitter in die Füße zu hauen.

Ein Nachbar hatte einen Tabbert-Wohnwagen. »Das ist der Mercedes unter den Caravans!«, erfuhr ich. Ein Mercedes diente auch als Zugwagen. Der Tabbert hatte Schrankeinbauten, wie ich sie mir in der altdeutschen Küche meiner Mutter nicht schöner hätte vorstellen können. Hängeschränke mit Bleiverglasung, eine Satellitenschüssel auf dem Dach und einen ungeheuer stolzen Besitzer mit einem Kühlschrank voll Faxe-Bier, na ja, sagen wir mal, hinterher halb voll!

Es wurde schon dunkel, als wir aufbrachen, gegen den entschiedenen Protest von Tristan und Edda. Rolf Zuckowski brauchten wir auf der Rückfahrt nicht, die beiden waren schon eingeschlafen, als wir die Schranke passierten.

Anne ist gefahren! Ich war vielleicht nicht volltrunken, aber auf jeden Fall ziemlich angeschickert. Wahrscheinlich wäre ich auch ziemlich schnell eingeschlafen, aber dann fragte Anne: »Was hältst du von Urlaub in einem Wohnwagen?«

Urlaub in einem Wohnwagen! Ich liebe sie schon

für ihre Gedanken. Und ich liebe sie noch mehr, weil sie mich immer wieder überraschen kann.

Als wir endlich in unserem Traumhaus im Bett lagen, beugte ich mich zu ihr hinüber: »Weißt du was, ich liebe dich im Moment gerade ungeheuer!« Sie gab mir einen Kuss auf die Nase und sagte: »Ich liebe dich auch wieder ungeheuer. Und zwar dann, wenn du nicht mehr so nach Bier stinkst!«

Jetzt machen wir aber direkt Nägel mit Köpfen

Ein Urlaub in Dänemark hat den großen Vorteil, dass das Wetter zu Hause auch nicht schlechter ist. Es ist doch immer ungeheuer frustrierend, wenn man aus dem Spanien-Urlaub kommt: Erstens ist der Urlaub vorbei und zweitens das gute Wetter. Man kann nur noch jeden Morgen im Spiegel beobachten, wie die tolle Farbe langsam nachlässt! Da lobe ich mir doch Urlaub in Dänemark, wo man erst gar nicht braun wird.

»Morgen lege ich mich in der Badehose an den Strand!« – »Ja prima, bei zwölf Grad!« – »Ja genau, wenn jemand kommt und fragt, warum liegen Sie bei den Temperaturen in der Badehose am Strand, dann sage ich, ich kriege Farbe, und wenn es blau ist!«

Wir konnten es uns zu Hause sofort genauso schön machen wie im Urlaub in Dänemark. Und zwar mit allem Tamtam, denn die dänische Sauce hatten wir in ausreichender Menge nach Hause importiert. »Haben Sie etwas zu verzollen? Bier für sechs Euro oder Zigaretten?« – »Nein, nur eine Palette dänische Sauce!«

Schon auf der Rückfahrt drehten sich unsere Gespräche um den imaginären Wohnwagen.

Wahrscheinlich sollte man erst mal einen leihen. »Ich weiß, es gibt im Nachbarort einen Händler, der vermietet Wohnmobile, also solche LKWs mit Haus drin. Dann muss doch auch irgendwer Wohnwagen zum Anhängen vermieten! Und wenn du dann merkst, dass es doch nicht der richtige Urlaub für dich ist, dann haben wir nicht so ein Monstrum in der Einfahrt stehen.«

»Es gibt für mich bestimmt einen schöneren Urlaub als drei Wochen im Wohnwagen, aber darum geht es ja nicht. Weißt du noch, wie Bettina aussah? Völlig erholt, total zufrieden. Vielleicht haben Eltern nur dann Urlaub, wenn auch die Kinder Urlaub haben.«

»O.K., aber stell dir mal vor deinem geistigen Auge vor, wie du mit dem Kulturbeutel unterm Arm zum Waschen gehst. Für mich ist das kein Problem. Ich weiß noch sehr genau, was das für ein erhabenes Gefühl ist, wenn man mit einer neuen Rolle Klopapier zur Toilette stolziert.« In diesem Moment knuffte sie mich ziemlich heftig in die Seite.

»Es wird Abende geben, da kommst du vom Strand, und dann willst du einfach nur unter die Dusche! Das geht aber nicht, da gibt es eine Schlange. Und wenn du dran bist, dann hast du erst mal damit zu tun, den Sand aus der Dusche zu kriegen.«

»Jetzt stell mich hier nicht als die Luxus-Tussi hin, die eine Zofe braucht, die ihr nach getaner Erholung die langen Haare kämmt. Hol lieber die Gelben Seiten. Wir schreiben jetzt mal alle Wohnwagenhändler raus, und dann fahren wir die ab und schauen, wer auch Caravans vermietet!«

Das waren eine ganze Menge Einträge. Scheinbar gab es doch mehr Leute mit zwei kleinen blonden

Kindern, als wir dachten. »Schau mal hier, das ist ganz in der Nähe, Wohnwagen Winterscheid, Caravans und Mobilheime von Tabbert, Weippert, Knaus und Eifelland. Hast du morgen was Besonderes vor?« – »Ich habe noch Urlaub!« Und sie hatte noch eine Tafel Kaffee-Sahne!

Wir mussten an dem Ausstellungsgelände schon dreiundzwanzig Mal vorbeigefahren sein. Und es hätte uns auffallen müssen. Eigentlich war es unmöglich, so viele Wohnwagen auf so einem Grundstück zu parken. Es war wirklich erstaunlich, dass der gute Herr Winterscheid die Kisten nicht übereinander gestapelt hatte.

Frau Winterscheid war eine freundliche Person, ein bisschen rund, nicht unbedingt so gekleidet, wie man sich den deutschen Normalcamper vorstellt, sie trug einen Cartier-Panter um den Hals und sah eher aus, als stünde sie unmittelbar vor einem Einkaufsbummel auf der Kö, und auch der Ausdruck von Erholung im Gesicht, den wir bei Bettina gesehen hatten, wollte sich bei Frau Winterscheid überhaupt nicht einstellen. »Schauen Sie sisch einfach um, de meisten Waaren sin offen, un wenn Se Fraaren haben, wenden Se sisch an einen von unseren kompetenten Verkaufsberater!« Immerhin sprach sie so wie der Mann mit der Bleiverglasung in dem Tabbert in Dänemark. Anne flüsterte: »Ich könnte wetten, dass Frau Winterscheid eine Zigarettenspitze benutzt!« Ich liebe sie für ihre Gedanken!

Wahrscheinlich gibt es im ganzen Rheinland keinen Spielplatz, der Tristan und Edda so viel Freude gemacht hätte wie der Platz von Familie Winterscheid bei diesem rein prophylaktischen Informationsnachmittag.

Wir haben ihnen beim Betreten der Wagen immer die Schuhe ausgezogen. Nicht dass wir hinterher so ein Gerät kaufen mussten, nur weil die beiden es durch Fußabdrücke auf den Betten und den Übergardinen schon faktisch in Besitz genommen hatten.

Es gab Wohnwagen, das wusste ich mittlerweile. Aber wie viele Ausprägungen der Spezies Wohnwagen es gab, das hätte ich mir in meinen kühnsten Träumen nicht vorstellen können.

Es gab lange, extra lange, breite, extra breite, es gab sämtliche Einrichtungsstile, es gab sogar Wohnwagen, bei denen das Dach nach oben ausgestellt werden musste, und wenn man das Dach wieder einklappte, dann konnte man den Wohnwagen in die Garage stellen.

Das war natürlich eine prima Idee von dem Wohnwagenkonstrukteur, aber der hatte wahrscheinlich eine völlig andere Zielgruppe im Sinn. Eltern von zwei kleinen blonden Kindern dachten bei diesem Anblick nur amüsiert an ihre eigene Garage und schüttelten nachdenklich den Kopf.

Die Freunde von uns, die auch Kinder hatten (und wenn man Kinder hat, hat man nur noch Freunde, die auch Kinder haben!), die fuhren alle ihr Auto nicht mehr in die Garage, weil die Garage vom Fuhrpark der Kinder ausgebucht war. Zwei Bobbycars, zwei Roller, ein Fahrrad mit Stützrädern und ein Fahrrad bald nicht mehr mit Stützrädern, zwei Puky-Roller, ein

Kickboard (Edda war noch zu klein für ein Kickboard, das würde sich spätestens zu Weihnachten ändern!) füllten so eine Garage. Und außerdem wollten wir den Wagen ja nicht kaufen, sondern nur mieten.

Es gab Wohnwagen, die hatten Polstergarnituren, dass sich Lisbeth II. da zum Tee niederlassen könnte, und manche hatten Betten, wie geschaffen, um Roger Whittaker für Autogrammkarten abzulichten.

Wir waren nahe dran aufzugeben. Und dann stand er da. Er hieß Knaus Südwind irgendwas, 540 oder 560, auf jeden Fall nicht über 1000! Der Wagen hatte vorne, also über der Deichsel, ein französisches Bett von durchaus brauchbaren Ausmaßen, daneben war eine Duschkabine, und davor konnte man eine Schiebetür zuziehen: weg! Kein Umbau, nicht jeden Morgen Betten bauen: weg!

In der Mitte war eine Sitzecke auf der einen Seite und eine kleine Küchenzeile auf der anderen Seite. Der Kühlschrank fasste achtzig Liter, das würde reichen für Margarine, Aufschnitt, Milch, zwei große Fanta und ein Sechserpack Bier. Es gab einen dreiflammigen Gasherd, auf dem man laut Prospekt Paul Bocuse durchaus Paroli bieten konnte! Dazu verfügte die Küche über einen Apothekerschrank. Das ist so eine Art Besenschrank, den man schubladenartig komplett ausziehen kann. Ich wusste beim besten Willen nicht, wofür so etwas gut sein konnte, aber Anne war völlig begeistert. Mir war klar, wenn wir uns jemals für einen Wohnwagen entscheiden würden, dann hätte dieser einen Apothekerschrank!

Im Heck des Wagens waren die Etagenbetten. Jedes

hatte ein eigenes Fenster, es gab einen extra Kleiderschrank für die Kinder, und vor den Stockbetten gab es eine Schiebetür: weg!

Bei diesem Caravan musste man nicht Betten bauen, die blieben einfach stehen, und wenn man keine Lust hatte, Kissen zu ordnen, dann hatte man halt die Schiebetüren. Die Polster sahen lustig aus, es gab keinen Sand fressenden Teppichboden – das war er!

Die kompetenten Verkaufsberater mussten sich irgendwo anders in diesem Labyrinth von Wohnwagen aufhalten, aber Frau Winterscheid saß im Büro. Sie schraubte sich gerade eine Zigarette in eine Zigarettenspitze.

»Dieser Knaus Südwind 540 oder 560, auf jeden Fall unter 1000, den würden wir gerne mieten!«

Es hatte durchaus Stil, und auch der Argumentationsweg der Absage war durchaus nachvollziehbar: »Mir vermiete nur bis fünnef Meter! De jroßen Dinger können Se nur kaufen!«

Genau das wollten wir aber nicht.

Das war der erste Strich in unserer Liste. Aber ich hatte ja noch drei Tage Urlaub. Am nächsten Tag waren wir bei einem Fendt-Hobby-Bürstner-Händler und haben ihm unseren Wunsch-Grundriss geschildert. Französisches Bett, zwei Stockbetten und zwei Schiebetüren, und jetzt schien uns das Glück sogar besonders hold zu sein: Einen Wohnwagen mit ähnlichem Grundriss hatte er sogar »gebraucht«!

Der Wagen war laut Verkäufer nur ein einziges Mal gezogen worden. Dann hatte die Familie sich entschlossen, doch lieber wieder im Hotel Urlaub zu machen. Frohen Mutes betraten wir die ziehbare Kemenate. Ich hätte nicht geglaubt, dass man einen Wohnwagen in einem Urlaub derart zugrunde richten konnte. Der war nicht schmutzig, der war schmierig. »O.K., der Wagen ist nicht mehr neu, aber ich könnte ihn tausend Euro unter Neupreis anbieten, das wären dann elftausend Euro, inklusive Vorzelt!« – »Wir würden gerne so einen Wagen in neu für drei Wochen mieten!« – »Nee, vermieten tun wir nur Caravans bis fünnef Meter!«

Na ja, das war ja erst der zweite Strich auf unserer Liste. Der nächste Händler saß in Overath. Wohnwagen Schwarz. Hier kamen zu den bereits bekannten Herstellern noch zwei hinzu: Dethleffs und Fiat. Fiat hatte mich zwar ein bisschen überrascht, aber der Fiat Ducato war anscheinend der favorisierte Antrieb für Wohnmobile. Und es gibt bei uns im Dorf auch einen Fahrradhändler, der gleichzeitig Versicherungen verkauft. Also!

Mittlerweile fiel uns auf, dass scheinbar jeder Hersteller mindestens ein Modell mit unserem Grundriss führte. Bei Dethleffs hieß das Modell 560 TK und hatte sogar zwei Kleiderschränke im Kinderzimmer. Das hatte zusätzlich noch den Vorteil, dass zwischen Stockbetten und Schiebetür dreißig Zentimeter Platz waren. Wenn eins von den Kindern nachts rausmusste, haute es nicht direkt mit dem Kopf gegen die Wand! Die Polster waren auch ganz pfiffig, das Fassungsvermögen des Kühlschranks betrug sogar sechsundachtzig Liter. »Den würden wir gerne mieten!« – »Wir vermieten nur bis fünf Meter!«

Es hatte einfach keinen Sinn, mit Anne in einem Fünf-Meter-Wagen Urlaub zu machen. Das hieße dann Sitzecken in Betten umbauen und am nächsten Morgen Betten in Sitzecken. Ich wusste nicht, ob sie drei Wochen durchhalten würde, aber ich wusste eins: Das wäre dann unser erster und letzter Campingurlaub gewesen.

Abends saßen wir auf der Terrasse. Die Kinder waren ausnahmsweise ohne Murren im Bett verschwunden. Jeder hatte noch zwei oder drei Wohnwagen gemalt, und nach dem Gutenachtkuss habe ich mir ein paar gute Ratschläge angehört: »Papa, wenn ihr euch nicht entscheiden könnt, dann kauft doch zwei!«

Es war ein Riesling-Abend. Wir hatten uns zwar einen Pullover anziehen müssen, aber damit war es warm genug draußen. Wir tranken einen schönen Rheingauer, und sie fragte: »Woran denkst du?« Woran denken Männer? »Stell dir vor, wir sitzen vor dem Vorzelt mit so einem Glas Wein. Die Kinder schlafen schon, dann gehen wir in unseren Caravan, und dann probieren wir das französische Bett aus…!«

Anne stöberte in Fachliteratur: *Camping und Caravaning*, genauer gesagt, die Kleinanzeigen in der Mitte des Heftes. »O.K., gebraucht kaufen hat keinen Sinn! Aber gebraucht verkaufen scheint zu funktionieren. Schau mal hier, so ein Wohnwagen verliert nach einem Jahr gar nicht so viel an Wert.«

»Wir probieren es einfach aus. Wenn das mit dem Wohnwagen doch nicht unser Urlaub ist, dann wird die Kiste hinterher einfach vertickt.« – »Na ja, der Wagen verliert nach einem Urlaub, sagen wir mal, zwei-bis dreitausend Euro, dann ist das zwar inklusive der Platzmiete der teuerste Campingurlaub des Jahrhunderts, aber drei Wochen Ferienhaus in Dänemark sind auch nicht billiger.«

Anne sagte nichts mehr, ich sagte nichts mehr. Irgendwie war die Entscheidung gefallen. Wir stellten uns wohl beide vor, die Terrasse wäre der Platz vor unserem Vorzelt und die Kinder schliefen schon. Wir löschten das Windlicht, wir gingen rein und probierten das französische Bett aus!

Wohnwagen kaufen ist wie ein Haus bauen

Er hatte dieses wissende Lächeln, der Verkäufer in Overath. Als wir am nächsten Tag wieder auf der Matte standen, wusste er wohl, das wird ein guter Tag. Zum Pokerspieler war er nicht geboren, aber ich auch nicht. So wie man ihm ansehen konnte, dass er jetzt gleich einen Wohnwagen verkaufen würde, so sah man mir an, dass ich jetzt gleich einen Wohnwagen kaufen würde. Das waren denkbar ungünstige Voraussetzungen für viele Prozente.

Aber was dieser Mann nicht alles zu erzählen wusste. Die Liste mit aufpreisfähigen Extras war länger als bei der Mercedes S-Klasse. Es gab natürlich noch ein paar sinnvolle Extras, die nicht auf der Liste standen, zum Beispiel ein Meerwasseraquarium, eine Rolf-Benz-Sitzgruppe und ein Wasserbett. Aber ansonsten konnte man alles haben. Ich hatte gedacht, ich unterschreibe einen Vertrag, und dann habe ich das Ding gekauft. Von wegen!

»Man kann als Camper durchaus auf nicht lebensnotwendigen Schnickschnack wie eine Mikrowelle und eine Dunstabzugshaube verzichten.« Ich konnte Anne ansehen, dass sie eigentlich gerade ein Mikrowellengerät und eine Dunstabzugshaube nicht unbedingt für nicht lebensnotwendigen Schnickschnack hielt.

Und eine Satellitenschüssel hielt ich nun mal nicht für Schnickschnack.

»Den Fernseher holen wir aber lieber im Elektrohandel. Da habe ich einen gesehen, mit eingebautem Videorekorder, aber trotzdem kompakt! Videorekorder ist schon wichtig. An Regentagen kann man dann die Mäuse auch mal ein Disney-Video lang vor dem Fernseher parken. Man darf es halt nur nicht übertreiben.«

Erwachsene sehen einen Film und sagen beim nächsten Mal: »Den hab ich schon gesehen!« Diesen Ausdruck kennen Kinder nicht, zumindest nicht bei Disney-Videos.

Die können das immer wieder gucken, und wenn es ihnen eigentlich schon zum Hals rauskommen müsste, dann noch mal!

Als Tristan seine »Robin-Hood-Phase« hatte, da konnte er ganze Passagen auswendig. Anne hat mal davon erzählt, wie sie mit ihm im Supermarkt war. Er saß stolz in dem Babysitz des Einkaufswagens, während sie im Kühlregal den richtigen Joghurt suchte.

Da kam ein älteres Ehepaar an den Wagen. »Utschi-gutschi, och, ist der süß! Nee, was für ein hübscher Bengel!« In dem Moment hatte Tristan wohl den Eindruck, er müsse jetzt was Intelligentes von sich geben. Und was kann es Intelligenteres geben als ein Zitat aus einem Disney-Video? Nach dem nächsten Utschi-gutschi antwortete Tristan: »Hoch lebe König Richard von England!« Ich denke, die alte Dame wird nie wieder wehrlose Kleinkinder in Einkaufswagen ansprechen!

»Und ein Wohnwagen sollte auf jeden Fall autark

sein! Autark heißt, dass man mit einem solchen Wagen auch eine Nordpol-Expedition machen könnte, ohne auf Strom, Wasser oder Gas angewiesen zu sein.«

Ich wollte nie mit einem Wohnwagen zum Nordpol fahren, wir wollten auf einen ganz normalen Campingplatz, wo es sicher einen Wasseranschluss geben würde. Natürlich würde man da an Strom kommen. Warum ich dem Verkäufer die Geschichte mit dem autarken Wohnwagen geglaubt habe, weiß ich nicht, aber ich habe sie ihm geglaubt. Also: Ein zusätzlicher Wassertank musste her, eine Warmwasserversorgung und ein rollbarer Abwassertank.

Aber das war noch längst nicht alles. Den Dethleffs 560 TK gab es auch noch in eintausendvierundzwanzig verschiedenen Ausstattungsvarianten: Camper, Beduin, New Line… Vor meinem geistigen Auge erschienen immer höhere Summen, aber in diesem Moment bin ich ihm in die Parade gefahren. Ich bin heute noch stolz auf die Idee. »Welche der Ausstattungslinien verfügt über Teppichboden?« Sein Lächeln wurde breiter. »Alle außer dem Camper, aber das ist auch nur unser Grundmodell!«

»Dann nehmen wir den Camper, denn wissen Sie, aus dem Teppichboden kriegt man den Sand so schlecht raus!«

Jetzt wurde mein Lächeln breiter. Das war ein Satz, der eines wahren Campers würdig war. Eine Killerphrase, und er konnte nicht wechseln!

»Kommen wir nun zum Vorzelt!«

Ein Vorzelt mit frischen Farben im Design Capri sollte es sein, von Brandt! Brandt, so hieß schon das

Zelt, mit dem meine Eltern immer unterwegs gewesen sind. Das war ein gutes Zeichen.

»Sie sollten den Wagen als Tandem-Achser nehmen.« Und dann, mit einem leichten Lächeln zu mir gewandt: »Der rappelt nicht so beim Bumsen!« Na, wenn das kein Argument war! Wir haben den Tandem-Achser genommen.

Stühle brauchten wir noch, und zwar Stühle mit einer Tragkraft von mindestens hundert Kilo, so was kann im Urlaub ja leicht mehr werden, dann noch ein Tisch und…, nee das war's eigentlich. Wir verzichteten sogar auf den Aufkleber »Gespannlänge über 14 m!« Obwohl… gereizt hätte er mich schon.

Der Verkäufer war bereit, sage und schreibe fünf Prozent rauszutun! Fünf Prozent – einen Autoverkäufer hätte ich kalt lächelnd im Verkaufsraum stehen lassen, aber jetzt hatte ich schon so oft eiskalt in so vielen Verkaufsräumen gestanden. Tristan und Edda waren völlig begeistert, Anne war zufrieden, und das Finanzierungsangebot konnte sich sehen lassen. Also fünf Prozent! Dethleffs 560 TK. Das war jetzt mein Wohnwagen, unser Wohnwagen!

Der nächste Urlaub würde fantastisch werden. Mit zufriedenen Kindern, mit einem Glas Wein vor dem Vorzelt und mit einer Tandem-Achse!

Wohin denn bloß?

Die unbefriedigendsten Einkäufe sind die, bei denen man weiß, das Geld ist weg und man hat trotzdem nichts in der Hand.

Wenn Anne Schuhe kaufen geht, dann ist hinterher zwar auch das Geld weg, aber dafür schleppe ich auch zwei bis vier Plastiktüten zum Auto.

Wir hatten einen Wohnwagen gekauft, der wurde erst noch gebaut. Wir hatten ein Vorzelt gekauft, das lag vielleicht schon irgendwo in einem Regal, aber mitnehmen konnten wir es noch nicht.

Wir waren schon fast aus der Tür, als wir die Idee hatten. Genau genommen hatte die Idee der ADAC. Der ADAC verkauft am besten über Aufkleber.

Am gelben ADAC-Wagen klebt der Aufkleber »Hier können Sie Mitglied werden!«. Da fährt man vorbei, dann sieht man den Aufkleber. Dann hält man an. Dann geht man schnell zum Gelben Engel höchstpersönlich und sagt: »Genau, das wollte ich schon immer!« Und schon muss man im Pannenfall seinen Reifen nicht mehr selber wechseln. »Dann füllen wir erst mal in Ruhe das Formular aus!«

Ich bin schon seit Ewigkeiten im ADAC. Nicht nur, dass man da Hilfe hat, wenn man mal auf der Autobahn liegen bleibt. Man kriegt auch jeden Monat eine schicke Zeitung. Die *ADAC-Motorwelt*!

Auf Seite drei steht der Leitartikel des Chefredakteurs, auf Seite acht wird der neue Porsche getestet. Und ab Seite dreißig nur noch Werbung. Zwei Firmen werben für Heimtheken mit Direkt-Bier-Pipeline von der Brauerei nach Hause, neun Firmen werben für Haarverpflanzung und mindestens zwanzig für Treppenlifte. Warum werben so viele Firmen in der ADAC-*Motorwelt* für Treppenlifte? Ich weiß es nicht, aber seitdem ich die Zeitung beziehe, sehe ich die ganzen alten Männer in ihren Porsches in einem völlig neuen Licht.

Dieses Mal war es nicht ein Aufkleber an einem gelben ADAC-Ford-Focus-Turnier. Es war an der Glastür von Wohnwagen Schwarz in Overath, dort klebte der Aufkleber »ADAC-Campingführer, hier erhältlich!«

Irgendwie war ich ein bisschen stolz, so stolz, wie wenn einem Reinhard Mey nach dem Reinhard-Mey-Konzert die Eintrittskarte unterschrieben hat. Dann hat man auch was, was man mit nach Hause nehmen kann.

Die Bezeichnung »Wohnwagen« beinhaltet das Wort »Wagen«. Es ist keine Immobilie, es ist eine Mobilie. Wir hatten uns schon auf der Fahrt nach Hause die unterschiedlichsten Ziele ausgemalt. Vor meinem geistigen Auge stand der Dethleffs 560 TK vor einem Gletscher in Norwegen, mitten im Lavendelfeld in der Provence und mit einem Platten am Plattensee.

Ich freute mich schon auf die schöne Flasche Wein zu Hause. Mir war klar, danach würde ich ihn im Traum am Trevibrunnen oder mitten unter dem Eiffelturm sehen.

Nur waren die Kinder doch noch ziemlich klein. Und mit Anhänger musste man sich an die Höchstgeschwindigkeit von achtzig Stundenkilometern halten. Also, Abenteuer schön und gut, aber zunächst mal sollte man sich doch vernünftigerweise ein Ziel aussuchen, das man auch ohne Probleme erreichen konnte. Es galt, den Küstenort zu finden, der mit der kürzestmöglichen Fahrtstrecke erreicht werden konnte.

Wir haben zu Hause meinen angestaubten Diercke-Schulatlas rausgekramt und, da wir schon bei Schule waren, einen Zirkel. Dann haben wir einen Zehn-Zentimeter-Radius rund um Köln gezogen, um zu sehen, ob wir innerhalb des Kreises irgendwo Meer finden konnten.

Es gab den Ort Meerbusch, und das Münsterland soll mal überflutet gewesen sein. Ich weiß nicht mehr genau, ob es vor oder nach der Eiszeit war, heute ist es das jedenfalls nicht mehr. Der Radius war scheinbar zu klein.

Wir haben ihn auf 12,5 cm erweitert, dann auf 15 cm. Und dann wurden wir fündig. Es war die Küstengegend in Südholland. Die Halbinsel Walcheren. Damit Sie wissen, welche Ecke ich meine: Renesse lag genau bei 15,2 cm.

Holland war gut, gerade im Sommer. Im Sommer sind die ganzen Holländer mit ihren Wohnwagen auf deutschen Autobahnen unterwegs. Holland wäre also sozusagen kampflos geräumt. Dann fahren wir nach Holland. Da ist es bestimmt schön ruhig!

Her mit dem ADAC-Campingführer. Es gab eine

Menge Campingplätze in Walcheren! Der ADAC hatte extra einen Zeichner engagiert, um die Urlaubswilligen bei der Auswahl zu verwirren.

Wir sahen uns Hunderten von kleinen Bildchen gegenüber, und anhand dieser Bildchen konnte man dann blitzschnell die Qualität der Plätze beurteilen. Ein Taucher springt in eine Badewanne. Das bedeutet: Der Platz verfügt über ein Schwimmbad.

Dann fand man ein neues Zeichen, dann blätterte man zurück nach ganz vorne, wo die Zeichen erklärt wurden, und dann hat man die Seite verloren, wo der entsprechende Campingplatz beschrieben stand.

Viel lustiger, aber sicher nicht sinnvoller war es, wenn man sich die Zeichen einfach selber erklärte. »Was heißt noch mal das Dreieck?« – »Chemische Reinigung auf dem Platz!« – »Und die drei Tannen?« – »Fichtennadelduftspray auf jeder Toilette!« – »Der springende Hirsch!« »Jägerschnitzel in der Kantine!«

Wir haben es gelassen. Wir haben die interessanten Textbeiträge gelesen. Wir haben uns königlich amüsiert, bis wir folgenden Zusatz fanden: »Streichelzoo auf dem Platz!«

Ein Streichelzoo, das war mal was anderes. Ein Streichelzoo, das klang auch sympathisch. *Camping De Grevelinge!* Abgesehen vom Streichelzoo verfügte der Platz auch noch über einen Taucher, der in eine Badewanne springt, und ein Dreieck und drei Tannen. Das musste doch reichen!

Der Wagen kommt!
Oder besser: Er wird geholt

Der Anruf kam im April. »Ihr Wagen ist abholbereit! Aber wenn Sie wollen, können Sie ihn auch erst zum Urlaub abholen. Das ist ein Service unseres Hauses!«

Erst zum Urlaub abholen, ha! Wir wohnen in einer Reihenhaussiedlung, Huthwelkers haben den neuen Rasenmäher Wimbledon mit Vertikutierer, zweitausend Mark für zwanzig Quadratmeter, Vogels haben jetzt einen Rhododendron im Vorgarten, der auch dem Clubhaus von St. Andrews gut zu Gesicht gestanden hätte, und Papenbergs haben einen nigelnagelneuen Omega Kombi Turbodiesel in Nachtschwarzperleffekt. Wir haben nix, wir haben ja einen Wohnwagen gekauft!

Und jetzt sollte ich das Prunkstück bis zum Urlaub beim Händler stehen lassen? Kein Stück. Man will ja nicht angeben, aber ein kleines bisschen Protzen wird ja wohl erlaubt sein.

Wenn ich vorher gewusst hätte, dass ich in einem Hort von Campingprofis wohne, die mir samt und sonders blendende Tipps zu Aufbau, Pflege, Wartung und Erhaltung geben konnten, hätte ich über das Angebot des Verkäufers ein wenig länger nachgedacht.

Die erste Fahrt mit so einem Gespann erfordert vom Fahrer höchste Konzentration. Anne hatte sowieso noch was vorzubereiten für die Elternratssitzung vom Kindergarten. Ich machte mich alleine auf nach Overath.

Da stand er: leuchtend weiß mit einem eleganten lilagrauen Seitenstreifen.

Er war noch schöner, als ich ihn mir vorgestellt hatte. Die beiden übereinander liegenden Heckfenster gaben ihm etwas Erhabenes. Die neuen Stoffe, die erst seit diesem Winter im Angebot waren, machten ihn noch ein bisschen wohnlicher, und sämtliche Extras waren eingebaut, sogar das Autoradio mit Zehnfach-CD-Wechsler und vier Boxen.

Das hätte bei einem reinen Wohnwagenhändler bestimmt nicht geklappt, aber in Overath klappte das schon. Dafür stand auf dem Autoradio »Fiat«. Die Satellitenschüssel war für die Fahrt anklappbar und ließ sich mit einer Dreh-Drück-Vorrichtung im Kleiderschrank justieren.

Wie hatte ich mich gefühlt bei diesem Anblick? »Stolz« ist das falsche Wort, »kackstolz« ist das richtige!

Ich ließ eine längere Erklärungsprozedur über mich ergehen: Wie ist das mit der Chemietoilette und dem Abwasserbehälter? Wie funktioniert die Heizung, und was passiert bei plötzlichem Druckabfall in der Kabine? Halt, jetzt war ich im falschen Flugzeug. Ich habe sowieso nur die Hälfte verstanden. Man hat mir aber zugesichert, dass alles noch genau in der Bedienungsanleitung beschrieben ist.

Ich liebe Anne ja nicht nur für ihre Gedanken, sondern auch für ihre Fähigkeit, Bedienungsanleitungen zu lesen *und* zu verstehen.

Für die Fahrt brauchte ich noch An-die-Spiegel-anklemmbare-Überspiegel. Nach der Anbringung sah mein Auto ein bisschen aus wie Prinz Charles von hinten.

Dann haben wir den Wohnwagen angehängt, und ich verließ den Hof. Ein Sonnenuntergang zum Hineinfahren wäre jetzt passend gewesen.

Es ist schon ein völlig neues Fahrgefühl mit so einem langen Gerät im Schlepptau. Dazu ist der Dethleffs 560 TK in Camper-Ausführung auch noch zweieinhalb Meter breit, was enge Kurven nicht gerade weiter erscheinen lässt.

Ich fuhr höllisch konzentriert. Von fünf Spiegeln konnte ich mir ständig einen aussuchen, wobei der Innenspiegel mich am meisten interessierte. Da konnte ich den Aufkleber vorne auf dem Wohnwagen am besten sehen: eine Urlaubslandschaft, stilisiert und ebenfalls in Graulila gehalten.

Als ich auf die Autobahnauffahrt fuhr, war ich froh, dass ich gerne große Autos fahre. Der Audi A6 TDI ist ein perfektes Zugfahrzeug, das stand auch in dem Test der Zeitschrift *Camping und Caravaning*, die ich mittlerweile abonniert hatte. Dafür musste der *Playboy* dran glauben, aber was tut man nicht alles für sein neues Hobby.

Die Autobahnfahrt verlief glücklicherweise völlig problemlos, und als ich bei uns zu Hause von der Autobahn abfuhr, hatte ich bereits das richtige Gefühl für das Gespann.

Durch das Dorf fuhr ich schon mit mehr Elan. Ich konnte jetzt Länge und Breite des Anhängers sehr gut abschätzen, und das ging auch gut bis zur zweitletzten Neunzig-Grad-Kurve.

Dem Jägerzaun von Frau Kaiser ist kaum was passiert, und der Verkäufer in Overath sagte am Telefon: »Gut, dass Sie den Wagen so früh abgeholt haben. Bis zu Ihrem Urlaub kriegen wir die zwei Meter lange Schramme auf der linken Seite wieder raus!«

Geh nach Haus und üb erst mal

Als der Wagen repariert und unfallfrei nach Hause gefahren endlich bei uns zu Hause stand, waren es nur noch drei Wochen bis zum Urlaub. Drei Wochen, prall gefüllt mit Betriebsanleitung-Lesen, Nachbarn-Beprotzen und Vorzelt-Auf- und Ab- und wieder Aufbauen.

So ein Vorzelt ist ein Wesen, das erst einmal in vielen Einzelteilen vor dir liegt. »Man muss die Seele des Vorzelts erkennen, um es richtig aufzubauen.« Gut: Bonifatius Kober ist Lehrer für Geographie, aber er unterrichtet im Nebenfach auch noch katholische Religion. Ich hätte ahnen können, dass er der Aktion etwas Spiritistisches abgewinnt.

Am Vorzeltaufbau waren viele Nachbarn beteiligt, was allein schon daran lag, dass unser Vorzelt samt Wohnwagen ziemlich genauso breit war wie die Straße. Die Nachbarn kamen also nacheinander von der Arbeit, stellten mangels sinnvoller Alternative ihre Autos in der Nebenstraße ab und beteiligten sich am Aufbau. Bonifatius Kober war der Erste. Er ist Lehrer!

Die Kiste Veltins, die Anne noch schnell herbeigeschafft hatte, hielt nicht sehr lange. Aber das Vorzelt nahm Formen an. Die Stangenhalter am Caravan hatten wir – nach Beschaffung eines Akkubohrers und einiger Spaxschrauben – schnell angebracht. Gut, der Wagen hatte danach ein paar Löcher mehr, als es zum Einhängen der Stangen unbedingt notwendig war, aber in Dubai gibt es auch Fehlbohrungen, und die Bemerkung von Almut Vogel, wir hätten den Wagen perforiert, war bei weitem übertrieben.

Beim ersten Ansehen sahen die Stangen eigentlich alle gleich aus. Sie waren es aber nicht. Einige hatten zusätzlich kleine rechteckige Fußbleche mit einem Loch an jeder Seite, andere Stangen waren eigentlich zwei Stangen, die durch eine Stahlfeder zusammengehalten wurden, wieder andere hatten einen Haken, mit dem sie in die eingeschraubten Ösen am Caravan passten.

Vorsichtshalber hatte ich in Overath Isolierband in sechs verschiedenen Farben mitgenommen. Mein Vater hatte die Stangen früher mit Klebeband gekennzeichnet. Es war gut, dass ich mich daran erinnert hatte, und es war noch besser, dass Bonifatius Kober mir diese Methode nicht als seinen spontanen Einfall verkaufen konnte. Wir kennzeichneten also das Gestänge: Dach grau, vorne rot, Anbaustücke blau und so weiter.

Das Stangengerüst stand wie eine Eins. Alle Markierungen an den Stangen waren angebracht. Wir haben auf Heringe und Sturmleine verzichtet. Erstens, weil wir das Vorzelt sowieso noch am selben Abend wieder abbauen mussten, bevor am nächsten Morgen der Müllwagen nicht in die Straße kam, und zweitens, weil wir es mit sieben zu fünf Stimmen für unwahrscheinlich hielten, dass wir die Heringe in den Asphalt bekämen. Jetzt musste nur noch das Zelt über die Konstruktion geworfen werden.

Wir haben es auch probiert, aber nicht lange! Es ist kein gutes Gefühl, wenn die eigene Ehefrau vor acht Nachbarn mit der Anleitung erscheint und dann vorliest, dass man zuerst die Zeltplane durch die Keder schiebt und erst dann die Stangen einhängt.

Es war eine Gemeinheit von diesem Hersteller, dass er das nicht andersrum geplant hatte, ich sah das so, und bei der zweiten Kiste Veltins gaben mir alle anderen – durchaus campingerfahrenen – Männer Recht.

Wir haben einen Grill aufgebaut, kurz vor Geschäftsschluss des örtlichen Supermarkts noch Bauchspeck und Würstchen besorgt und das kraftlos herumhängende Zelt wieder eingepackt, bevor die Kinder es beim Gespenster-Spielen restlos verwüsten konnten.

Es war der erste von drei Versuchen, das Vorzelt aufzubauen. Beim dritten Versuch stand es übrigens wirklich wie die berühmte Eins, aber der erste Versuch, die spontane Grillparty, das war eines der Erlebnisse, von denen eine Reihenhaussiedlung jahrelang zehren kann.

Wir saßen mit den neuen Stühlen vor dem neuen Wohnwagen, es war warm, wir waren satt, und als ich den Männern erzählte, warum der Wohnwagen eine Tandem-Achse hatte, da konnte ich durchaus Bewunderung in ihren Augen sehen.

Urlaub, wir kommen

Ich habe neulich noch in der *Eltern* gelesen: »Für jede Familie und vor allem für das Verhältnis des Vaters zu seinen Kindern ist der Sommerurlaub immens wichtig. Das Zusammensein im stressfreien Raum, ohne berufliche Zwänge der Eltern und ohne den zunehmenden Druck durch die Schule, dieses Zusammensein ermöglicht erst ein intensives Erleben miteinander!«

Ich finde es auch toll, wenn Eltern und Kinder zusammen einen stressfreien Urlaub verbringen, aber nach unserer Achtzig-Stundenkilometer-Hollandfahrt weiß ich aus eigener Erfahrung, es gibt für den stressfreien Urlaub von Eltern und Kindern eine Grundvoraussetzung: die getrennte Anreise.

Dabei hatten wir eigentlich für alles gesorgt. Wir hatten Kartoffelsalat gemacht und kleine Gehacktesbällchen, dazu ein paar Weingummis eingepackt und Pimms-Cake; das sind so Orangenplätzchen mit einem Schokoladenüberzug, die habe ich schon als kleiner, dicker Junge immer so gerne gemocht, als ich mit meinen Eltern in den Urlaub fuhr. Dazu noch sechs kleine Fläschchen Fanta.

Zur Unterhaltung hatten wir die neue Benjamin-Blümchen-Kassette gekauft: *Benjamin Blümchen ist verliebt* und das Walt-Disney-Hörspiel *Der Glöckner von Notre-Dame*.

Und dann sind wir losgefahren. »Papa, leg mal die Kassette ein!« – »Nein, wir müssen jetzt erst Radio hören wegen der Verkehrsdurchsage!«

»Und hier die Meldungen zur Verkehrslage, Sie hören die Staus ab sieben Kilometer!«

Nach diesem Satz hat diese Ratte von Verkehrsmeldungenvorleserin auch noch gelacht! Als die Verkehrsdurchsagen zu Ende waren, war der Kartoffelsalat alle!

»Papa leg mal die Kassette ein!« Ich nahm die, die mir am besten gefiel: *Der Glöckner von Notre-Dame*.

Schon nach einer Minute Hörspiel hatte ich so eine Ahnung, diese Stimme kam mir so vertraut vor. Mein Blick suchte Annes Augen: »Ist er das?«

Sie schaute mich nur fragend an. Aber da kam sie schon wieder, diese Stimme. »Ist er es?« »Wer?«, fragte meine Frau. Ich kaufe keine Zeitungen mehr, wenn er auf der Titelseite ist, ich gucke keine Fernsehsendungen mehr, wo er auftreten könnte. Jetzt verfolgte mich dieser Sack auch noch in den Urlaub. Und da kam sie schon wieder, diese Stimme. Ich hab nur ganz kurz den Rückspiegel zu mir gebogen, kleiner Kontrollblick. Tatsächlich, da war er wieder, dieser Ausschlag an der Oberlippe, er war es: Klausjürgen Wussow!

Klausjürgen Wussow spricht den Richter Frollo im Walt-Disney-Hörspiel *Der Glöckner von Notre-Dame*! Ich betätigte die Kassettenauswurftaste, danach den Schalter für den Fensterheber, und dann war es eigentlich nur eine ganz kleine Handbewegung. Und als ich im Außenspiegel sah, wie die Kassette an der

Leitplanke zerschellte, da war ich eigentlich ganz gut gelaunt.

Ich höre sowieso lieber Radio.

Aber die Kinder nicht. Am Anfang war es nur ein Motzen, dann ein Zetern, aber dann wurde es Geschrei, und wenig später war es Hysterie.

Ich hätte es eigentlich ahnen können, dass das keine gute Idee war nach dem ganzen Kartoffelsalat.

»Und jetzt die Meldungen zur Verkehrslage: Sie hören die Staus ab elf Kilometer.«

Wir haben dann die andere Kassette genommen. Und diesmal – muss ich sagen –, diesmal fing es ganz gut an. Die Geschichte war auch ganz niedlich: Benjamin Blümchen lernte eine Elefantendame im Zirkus kennen. Und er war dann ganz doll verliebt, er machte immer Töröö! Töröö! Und die Elefantendame, die machte auch Töröö! Töröö! Nach den ersten vier Töröö musste Edda erst mal Pipi. Sie musste neunmal Pipi auf dreihundertfünfzehn Kilometern. Und dafür hab ich mir den Diesel gekauft, damit ich nicht so oft anhalten muss, um zu tanken.

Töröö, Töröö! Das war natürlich ein Fest für meine kleine Prinzessin.

Jetzt hatte ich selber auch Hunger. »Kann ich auch eine Frikadelle haben?« – »Nee, die sind alle seit Düren. Aber du kannst noch ein Pimms-Cake haben! Die magst du doch so gerne!«

Töröö! Töröö!

»Und hier die Meldungen zur Verkehrslage: Sie hören die Staus ab achtzehn Kilometer!«

Kurz vor dreiundzwanzig Uhr überquerten wir die belgisch-holländische Grenze!

Tööö, Tööö! Das war die Geschichte, wie sich Benjamin Blümchen in eine wunderschöne Elefantendame verliebt hatte.

»Papa, kannst du noch mal zurückspulen?«

Als kurz vor Vlissingen die Benjamin-Blümchen-Kassette an der Mittelleitplanke zerschellte, kam auch kein Protest mehr von hinten. Sie schliefen ruhig in ihren Kindersitzen.

Der Campingplatz schloss um neunzehn Uhr. Auf der komfortabel ausgebauten Warteschleife vor der Schranke waren Schilder angebracht: »Noch 15 Minuten!«, »Noch 30 Minuten!«

Wir haben direkt neben dem Schild »Sie werden sofort bedient!« unser Nachtlager aufgeschlagen. Ich glaube nicht, dass Anne noch sehr viel für Camping übrig hatte in dieser Nacht. Aber sie sagte nichts, zumindest nichts Negatives. Wir haben die Kinder ins Bett gepackt und zwei Stühle und den Tisch aus dem Kofferraum genommen.

Die *Friture* hatte Hochbetrieb. Eine Currywurst Pommes-Mayo kennen die in Holland nicht, aber ich musste ja einige Zeit in der Schlange stehen, und so konnte ich das Bestellverhalten der anderen Camper genau beobachten. Die meisten bestellten *Frikadell speciaal* oder *Flijs-Krokett*. Ich habe beides bestellt, mit *Frites-Mayo*, und ein Sixpack Heineken.

Als ich zum Wohnwagen zurückkam, war Anne gerade im Gespräch mit einem jungen Mann.

Wim Verheijden ist der Campingplatz-Besitzer.

Und der macht gegen Mitternacht seine Runde, um Ghetto-Blaster-Maximal-Lautstärke-Austester zur Raison zu bringen oder ganz normale Grillabende zu beenden. Um dreiundzwanzig Uhr ist Nachtruhe! Wim gönnt allen vielleicht noch eine Stunde, aber dann ist Schluss!

»Wim meint, wir können noch auf den Platz! Das ist wirklich supernett, aber die Mäuse schlafen. Wenn wir jetzt noch mal das Gespann anwerfen, sind die sofort wieder hellwach! Niemand weiß, wie lange dieser Zustand dann anhält.«

Eigentlich durfte man auf der Warteschleife nicht übernachten, aber Wim machte eine Ausnahme.

Er erklärte uns bei einem Heineken noch, dass Heineken nicht das beste Bier ist, dass die beste Kneipe *Zeerover* heißt und dass der Strandpavillon-Besitzer am FKK-Strand auch schon mal zugekifft hinterm Tresen steht!

Anne saß in ihrem Campingstuhl. Wim war schon gegangen. »Lass uns noch mal um den Platz gehen, nur so weit, dass man die Kinder noch hören kann!«

Wir gingen los. Aus der Kantine hörte man Musik! Da war Wim wohl noch nicht vorbeigekommen.

Anne legte mir den Arm um die Hüfte. Die Bäume waren riesengroß. Die Luft roch salzig. Sie nahm mich in den Arm. Ich spitzte die Lippen. Sie flüsterte: »Ich muss jetzt aufs Klo!«

Es gab mehrere verklinkerte Bauten, die nicht nur die Toiletten, sondern auch die *Wasserette*, also die Spülmöglichkeit, die Waschräume und die Duschen beherbergten.

Anne verschwand in so einem Klinkerbau, ich zündete mir eine Zigarette an, und meine Spannung stieg. Jetzt würde sie zum ersten Mal ein Waschhaus sehen. So ein Haus mit zwölf oder sechzehn Waschbecken und acht Duschen, in die man Münzen werfen musste, um warmes Wasser zu bekommen oder auch nicht, je nachdem, wie freundlich der Campingplatzinhaber war; diesen Kulturbeutelhort, wo Männer unterschiedlichen Alters unterschiedliche Seifen und Aftershaves zur Anwendung brachten, allesamt mit Turnhose oder Adidas-Jogginghose bekleidet und mit nacktem Oberkörper, das heißt, Anne würde natürlich das Pendant für die weibliche Campingplatzbelegschaft kennen lernen. Ich wusste, wenn sie ohne globalen Protest aus diesem Gemäuer wieder herauskam, dann hatte unser Urlaub eine echte Chance.

»Nicht schlecht!« Das war genau die Äußerung, die ich überhaupt nicht gebrauchen konnte. »Nicht schlecht!«

War es sauber, war es O.K., war es... weiß der Geier, was! Es war »nicht schlecht«!

Die Mäuse lagen im Wohnwagen und schliefen. Nicht unbedingt in der normalen Schlafposition, aber sie schliefen! Wahrscheinlich träumten sie von Klausjürgen Wussow, der sich in eine Elefantendame verliebt hatte, die ständig Pipi musste, und von dem Klinkerbau auf einem holländischen Campingplatz, wo sich die beiden dann das Jawort gaben.

Von den Schlagzeilen, die ich am nächsten Morgen in der *Bild* lesen konnte, wäre dieser Traum nicht so ganz weit entfernt gewesen.

Die Bettlaken und die Kissenbezüge waren irgendwo in den Untiefen des Kofferraums verstaut. Aber die Schlafsäcke vom Aldi konnte man mit den Reißverschlüssen verbinden, und dann hatte man einen Doppelschlafsack!

Ich hielt ihren schönen Körper, ich streichelte ihr über das Haar. Sie sagte: »Ist das Urlaub? Ja!«

»Und wenn du jetzt mal bedenkst, dass wir hier gerade in der Warteschleife campen. Morgen fängt der Urlaub erst richtig an! Aber ich bin ja schon froh, dass du nicht am ersten Tag die Rückfahrt antreten willst!«

Sie antwortete nicht. Sie schlief tief und fest und total süß in meinen Armen. Ich hätte ahnen können, dass eine ganze Dose Heineken für sie zu viel war. Aber ich wollte nichts ahnen. Ich wollte sie in den Armen halten. Ich wollte spüren, dass sie da war, dass die Kinder selig schliefen und dass das erst der erste Abend war. Für die anderen Abende hatten wir sogar noch eine Tandem-Achse!

Es darf alles, nur nicht regnen

Ich hatte erwartet, dass wir am nächsten Morgen von wütend herumhupenden Campern geweckt würden, weil wir die Warteschleife blockierten. Nein, wir wurden von fröhlich herumtobenden Kindern geweckt, weil wir die Nahrungskette blockierten. »Sollen wir jetzt frühstücken?« Ich musste Tristan erklären, dass der Supermarkt des Campingplatzes seine frischen Brötchen sicher nicht um 6:07 Uhr feilbieten würde. Aber schlafen konnten wir nicht mehr.

Man kann ja auch schon sehr früh am Morgen im Urlaub sinnvolle Dinge tun. Zum Beispiel kann man mit zwei Kindern an der Hand mal nachschauen gehen, wann es denn frische Brötchen gibt.

Also: Der Holländer an sich scheint ein fleißiger Bursche zu sein, er öffnet schon um 7:30 Uhr den Supermarkt, aber vor allem öffnet er schon um 7:00 Uhr die Schranke.

Um 7:01 hatten wir unsere Strichcode-Karte in der Hand. (Nur die profane, einfache! Die gute, eingeschweißte haben nur die Ganzjahrescamper!) Um 7:02 Uhr fuhr unser Gespann unter der sich öffnenden Schranke hindurch, und wenige Sekunden später nahm der Dethleffs 560 TK erstmals den Boden von *Camping De Grevelinge* unter die Räder!

Der Himmel war ein wenig wolkenverhangen. Man

konnte irgendwo über dem Ort einen blauen Fleck ausmachen. Heute weiß ich, dass exakt das die Situation ist, in der jeder Holland-Camper sagt, das sind genau die Wolken, die sich gegen zehn Uhr verziehen, um einen schönen, sonnigen Tag folgen zu lassen. So ein Tag war es, nur, dass sich die Wolken nicht verzogen, sondern fetter und grauer wurden.

Der Verkäufer hatte uns schon gewarnt, dass der Tandem-Achser beim Aufbauen schlechter zu manövrieren war, aber dafür hat er ja andere Vorteile. Wir haben den Wagen vorschriftsmäßig abgehängt, wir wollten ihn in die vorgesehene Position schieben, aber der tiefe Boden tat ein Übriges, um ...!

Wieso soll ich das erklären? Wim hatte einen Trecker, einen uralten Fendt Dieselross, und Wim hatte einen Treckerfahrer! Wohnwagen in ihre richtige Position zu bringen musste sein Hobby sein. Wir hätten Stunden gebraucht, ach was, sind wir ehrlich: Wir hätten es nie geschafft. So hängten wir nur den Wohnwagen an den Trecker. Die Tandem-Achsen quietschten, die Räder verdrehten sich, der Trecker zog, schob und bugsierte unser störrisches weißes Urlaubsdomizil in nur zwei Zügen exakt auf den dafür vorgesehenen Platz.

Der Wagen stand, jetzt musste nur noch das Vorzelt aufgebaut werden. Nun weiß jeder erfahrene Zeltaufbauer (und ich bin ein erfahrener Zeltaufbauer, schließlich habe ich nicht umsonst viermal die ganze Straße gesperrt, um das Vorzelt zu trainieren ...), jeder erfahrene Zeltaufbauer weiß, es darf beim Vorzeltaufbauen alles, es darf nur nicht regnen.

Und als wir so weit waren, regnete es nicht, es schüttete wie aus Eimern.

Aber da zeigte sich auch schon die berühmte Campersolidarität, auch international.

Es gab durchaus einige Holländer auf dem Platz, aber die Mehrzahl waren Deutsche. Unser direkter Nachbar hieß Rinus van Pekelinge, war ein hagerer oder besser drahtiger Mann von knapp fünfzig Jahren mit widerspenstigen grauen Haaren und Händen so groß wie Salatschüsseln.

Das war schon mal der erste nette Nachbar, denn der stand sofort auf der Matte. Dazu kam mit großen Schritten Detlef Schulenkämper aus Borken über den Platz gemetert. »Metern« war bei Detlef das richtige Wort, er hatte so lange Beine, dass sie bei jedem Schritt locker einen Meter schafften. Er war vielleicht ein bisschen jünger als ich, oder er hatte sich einfach nur besser gehalten.

Die beiden erboten nun spontan ihre Hilfe. Anne und ich standen hilflos vor dem Caravan, und wir nahmen das Angebot beide dankend an.

Keine zwanzig Minuten und vier *Genever* später stand das Zelt. Das heißt, es stand noch nicht so richtig. Rinus meinte: »Du musst so kleine Brettchen nehmen, und da schraubst du die Stangen unten fest!« Er sagte das nicht ganz in dem Hochdeutsch, in dem ich es hier schreibe. Holländer sprechen Deutsch tatsächlich so, wie man es von Rudi Carrell aus dem Fernsehen kennt, also so, als könnten sie zwar die Vokabeln, würden aber von einer fortgeschrittenen Halskrankheit an der Aussprache gehindert.

»Ja super! Kleine Brettchen, wo soll ich die denn jetzt hernehmen?«

Rinus ging zu seinem Stellplatz, er zog mit seinen Salatschüsselhänden unter seinem Wohnwagen ein paar lange Bretter heraus, dann ging er noch mal in den Caravan und kam mit einer Stichsäge wieder heraus.

Er sägte mit der Stichsäge aus den langen Brettern viele kleine Bretter, die legte er unter die Zeltstangen, steckte Schrauben durch die dafür vorgesehenen Löcher, zog aus der Hosentasche einen Akkuschrauber und schraubte die Stangen fest.

Stichsäge und Akkuschrauber! Stichsäge und Akkuschrauber!

Wenn ich mal ganz ehrlich sein darf: Ich hatte ein paar Hemmungen, mit unserer Luxusschleuder auf einen Campingplatz zu fahren. Satellitenschüssel, französisches Bett, Warmwasserdusche! Wie musste so etwas auf einen normalen Camper wirken, der noch Improvisation und Sinn für Romantik zu seinen Haupttugenden zählte?

Solche Hemmungen hatte ich, und jetzt: Stichsäge und Akkuschrauber.

Das musste mir jetzt wirklich mal egal sein. Wir ließen uns doch von einem hoch technisierten Holländer den Urlaub nicht verderben! Das Vorzelt stand, der Kofferraum war ausgepackt. Der Himmel klarte auf. Wir hatten bei Johnny im Supermarkt frische Brötchen erstanden, wir saßen alle zum ersten Mal vor unserem Wohnwagen am gedeckten Frühstückstisch.

Eine Entenfamilie kam über den Platz gewatschelt,

wohl auf der Suche nach einigen Brötchenkrümeln, eine Entendame mit fünf zuckersüßen Entenbabys. Wie nennt man eigentlich Entendamen? Der Mann ist ein Erpel, aber wie heißt die Frau? Wir haben sie Daisy getauft.

»Och, sind die süß!« Schon waren sie weg. Edda stellte uns ein nettes Mädchen mit langen dunklen Zöpfen vor: »Das ist meine neue Freundin, die heißt Ines, und die ist Niederlanderin!«

Rinus kam aus seinem Vorzelt und sagte: »Dieses Wetter, mal Regen, mal Sonne, da wächst das Gras ja wie bekloppt!«

Der hatte einen elektrischen Rasenmäher dabei. Und als ich wider Erwarten meinen letzten Bissen Brötchen doch noch heruntergeschluckt hatte, da kam der um die Ecke mit einem elektrischen Rasenkantenschneider, um die Kanten von den Trittsteinen aus Waschbeton zu versäubern.

Jetzt muss ich aber erst mal die Ehre der holländischen Campingplätze retten. Jägerzäune, Geranienrabatten und Gartenzwerge gibt es da nicht.

Es war ein schöner offener Platz, acht Parzellen für Wohnwagen oder Zelte auf einer Wiese, dann kam wieder eine Wiese und da standen wieder acht Wohnwagen. Aber richtig erfahrene Camper, ich bin ja scheinbar nur ein normal erfahrener Camper, also richtig erfahrene Camper, die haben halt ihre Waschbetontrittsteine immer dabei! Und ihre elektrischen Rasenmäher und ihre Rasenkantenschneider sowieso!

Ich hatte mich einigermaßen beruhigt, da kam Anne von Schulenkämpers zurück und berichtete:

»Die haben einen Kühlschrank mit Eisfach im Vorzelt und eine transportable Waschmaschine!«

Es war genau dieser Moment, in dem die Kinder kamen und fragten: »Wann fahren wir denn an den Strand?«

»Wir fahren nicht an den Strand! Wir fahren in den Baumarkt!«

Von Filetsteaks und Erbsensuppe

Meine Tagesplanung wurde jäh über den Haufen geworfen, weil das Schicksal zwischen Frühstück und Baumarkt die Besetzung der letzten Parzelle unseres Feldes anberaumte.

Diese kahle Stelle war mir sofort aufgefallen, und es hatte mir einigen Spaß bereitet, darüber nachzudenken, dass vielleicht ein ähnliches Greenhorn wie ich mit einem Wohnwagen oder einem Zelt um die Ecke kommen könnte.

Nur dass der Neuankömmling eben nicht wissen konnte, dass ich auch ein blutiger Anfänger war, dass ich auch erst in der letzten Nacht angekommen war und dass ich ohne die tatkräftige Unterstützung von Rinus und Detlef wohl überhaupt nicht in der Lage gewesen wäre, die Zeltplane formgerecht über die Stangen zu stülpen oder besser: die Stangen unter der Zeltplane zu postieren.

Holland ist ja nicht die Costa Brava, wo man die bisherige Aufenthaltsdauer der Nachbarn bis auf zwei Stunden genau bestimmen kann.

»Nun, Dr. Quincy, wie lange hat sich der Nachbar bisher auf dem Campingplatz aufgehalten?« – »Also, Lieutenant Monahan, ich will mich nicht festlegen, aber in Anbetracht der Rötung im Bereich des Nasenbeins und der abschwellenden Hämatome auf der

Glatze, ich würde schätzen: neun Tage, dreizehn Stunden und achtundvierzig Minuten!«

In Holland ist das anders. Wenn man Pech hat, und der Gesichtsfarbe von Detlef und Rinus nach zu urteilen, hatten unsere Nachbarn bisher entweder Pech oder sie waren tatsächlich erst wenige Stunden vor uns angereist, also, wenn man Pech hat, hat man nach einer Woche Urlaub tatsächlich den gleichen Bräunungsgrad wie die Fremdenführerin in der Dechenhöhle!

Man würde mir nicht ansehen, wie lange ich schon da war, man würde nicht mal ahnen, dass es sich auch bei mir um einen Campingnovizen handelte, denn ich würde derart cool neben meinem Caravan stehen, dass jedem Betrachter völlig klar wäre: Schon als Kind hatte ich immer mit Deichsel und Anhängerkupplung gespielt!

Nur war das kein Wohnwagen, der da von einem lindgrünmetallicfarbenen Mercedes auf den Platz gezogen wurde. Das war eine großzügige Wohnstatt für eine komplette Zirkusfamilie, und mit Zirkusfamilie meine ich eine richtige Zirkusfamilie mit mindestens drei Generationen.

Ein Weippert von gut und gerne sieben Meter fünfzig Länge in Cremebeige. Das allein hätte ich noch verkraften können. Denn wir hatten uns sehr bewusst für ein eher einfaches Modell mit einigen spannenden Extras entschieden. Wir hatten mit voller Absicht einen Wagen ohne Teppichboden gewählt, und ich hätte schwören können, der Weippert verfügte über einen Schurwollteppich in Langflorqualität. Flokatis als Bettvorleger hätten mich nicht überrascht, und ich hätte eine große Propangasflasche darauf gewettet, dass die Küchenhängeschränke mit Bleiverglasung ausgestattet waren.

Das alles war überflüssig und unvernünftig! Aber das Fahrgestell des Weippert bestand aus einer Tandem-Achse mit vier 195er Reifen... auf Alufelgen. Es gibt einfach Punkte, da endet für einen Mann jede Diskussion. Es war keine kleinkarierte Eifersüchtelei, die ich empfand, es war der blanke Neid!

Von meinem coolen Gesichtsausdruck war wohl nicht mehr viel übrig. Detlef und Rinus waren schon wieder auf dem Weg, um tatkräftig beim Aufbau mit anzupacken, mich dagegen packte der Gedanke, dass ein echter Camper nur ein Dach über dem Kopf brauchte. Und einem echten Camper war es vollkommen wurscht, auf welchen Felgen dieses Dach stand.

Ich schloss mich Detlef und Rinus an, ich half, soweit es meine handwerklichen Fähigkeiten zuließen, ich genoss das kühle Heineken, mit dem die Helfer üblicherweise entlohnt werden, und nur ganz selten fiel mein Blick auf die glänzenden Felgen.

Heinrich Büsinger nebst Gattin Hilde Fritzen-Büsinger, dazu zweieinhalb Kinder, von denen Benedikt und Sophia schon zur Welt gekommen waren, während das dritte noch von Hilde spazieren getragen wurde (»Das wird Nummer drei von vier!«). So hießen die Bewohner des Monstrums.

Hilde Fritzen-Büsinger war groß, sie war eine von den Frauen, die ihren Bauch nur vorne tragen, sodass man von hinten niemals darauf kommen könnte, dass die frohe Erwartung bereits eingetreten ist. Sie trug dunkelblaue Espandrilles, dunkelblaue Shorts und ein T-Shirt mit der Aufschrift »Shhh, Baby's asleep!« Wenn mich nicht alles täuschte, hatte sie noch kurz vor dem Urlaub die komplette Prénatal-Kollektion aufgekauft.

Heinrich war anders, er war nicht direkt muskulös, er war einfach das Schlimmste, was dem Normalcamper passieren konnte: Er war fit!

Heinrich sah genauso aus, wie man sich einen Menschen vorstellt, der den dunkelgrauen Flanellanzug mit dem blau-weiß gestreiften Hemd und der gelben Krawatte nur für zwei Wochen gegen Jeans und T-Shirt getauscht hatte.

Ich hatte zum Glück keine Zeit, neidisch zu werden, denn ich stellte gerade nicht ohne Stolz fest, dass ich mittlerweile sehr eilfertig Spaxschrauben durch Zeltstangenfüße bohren konnte, das war ja auch schon mal was!

Ich lag mit meiner Bleiverglasung-Vermutung richtig, und ich bemerkte – zu meiner Überraschung – eine Gemeinsamkeit!

»Das ist unser erster Campingurlaub! Bisher waren wir immer in Hotels oder im Robinson Club, vor allem wegen der kompetenten Kinderbetreuung! Aber Heinrichs Vater hat sich letztes Jahr diesen Wohnwagen gekauft, und Schwiegermutter hatte im März eine Hüftoperation, da ist ein Campingurlaub natürlich unzumutbar! Und ich darf nicht mehr fliegen, ich bin ja Spätgebärende…!« – »Ach, mehr als neun Monate?« – »Nein, ich bin siebenunddreißig, und mein

Gynäkologe hat mir dringend von einer Flugreise abgeraten!«

Es war mir vorher selten passiert, dass ich nach fünfzehn Minuten des Kennenlernens die ersten Vorschläge des Gynäkologen erfuhr, aber ich wusste immer noch nicht so genau, warum sich der Campingurlaub direkt aus der späten Schwangerschaft ableitete.

Heinrich erklärte die plötzlich auftretenden Gelüste nach Campingurlaub etwas philosophischer: »Nach all den Filetsteaks muss es auch mal eine Erbsensuppe sein!«

Nur unwesentlich später hatte ich erfahren, dass Heinrich bei einer bedeutenden Rückversicherung arbeitete – das war in etwa meine Vermutung gewesen, und das waren exakt ihre Worte, als wollte sie jede Form der Schleichwerbung vermeiden –, dass er mit Prokura ausgestattet war und dass alle handwerklichen Arbeiten im büsingerschen Haushalt von Hilde ausgeführt wurden.

Sie hatte eine Curver-Kiste dabei, die allerlei praktische Dinge enthielt: eine Schlagbohrmaschine, einen Dremel Multi, einen Knarrenkasten und und und. Diesem Behältnis entnahm sie jetzt eine Rolle Tesa-Moll, und sie begann tatsächlich, die Türrahmen des fast neuen Wohnwagens abzudichten.

Es wurde dringend Zeit, den Baumarkt aufzusuchen.

*Warum ein Baumarkt
auch ein Schuhgeschäft sein könnte*

Der Baumarkt hieß *Het Doemarkt* und lag nur ein Dorf weiter. Genau in diesem Baumarkt hatte Rinus die langen Bretter gekauft. Der Markt war von acht bis acht geöffnet, es hätte mich aber auch nicht gewundert, wenn man von sieben bis dreiundzwanzig Uhr dort hätte einkaufen können. Das wäre dann eine konsequente Anpassung an die Schrankenöffnungszeiten des Campingplatzes gewesen. Aber auch so war es das Paradies.

Wir hatten zunächst einmal beschlossen, dass wir als Camper mit Sinn für Improvisation und Romantik und vor allem als Camper, denen gerade ein neuer Wohnwagen ein ziemliches Loch in die Kasse gerissen hatte, zunächst *noch* auf den elektrischen Rasenmäher verzichten wollten.

Rinus hatte angeboten, uns seinen ab und zu zu borgen, außerdem konnte man vorne an der Rezeption einen leihen. Genauer gesagt waren es sogar zwei, aber es gibt halt ungeschriebene Gesetze, feste Regeln für das Zusammenleben auf einem Campingplatz. Eine dieser Regeln lautet: Wenn du an der Rezeption vorbeigehst, um an den Strand zu fahren oder ins Dorf, dann stehen da immer zwei elektrische Rasenmäher. Wenn du zur Rezeption gehst, um dir einen zu leihen, sind immer gerade alle beide weg.

Egal, ein elektrischer Rasenmäher kam mir nicht ins Vorzelt, noch nicht! Ein Akkuschrauber, das wäre eine Idee, allerdings weder neu noch originell.

Ich war nicht bereit, *Het Doemarkt* ohne eine Großinvestition wieder zu verlassen. Wahrscheinlich habe ich mich in diesem Laden gefühlt wie Anne in einem Schuhgeschäft.

Eine Kreissäge war völliger Blödsinn, und ein Winkelschleifer rangierte nicht weit dahinter. Natürlich konnte man immer einen Hammer und eine Säge gebrauchen, aber was gab das für ein Bild, wenn ich auf dem Platz erschien und völlig begeistert ausrief: »Seht mal, ich habe mir einen Hammer und eine Säge gekauft!« Nee, da musste schon ein bisschen mehr Kreativität her.

Es gab nichts, nichts, was wir dringend benötigten. Natürlich konnte man sich einen Sisalteppich ins Vorzelt legen. Natürlich konnte man sich einen Wasser sparenden Duschkopf kaufen, den man jedes Mal, wenn man in der *Wasserette* die Dusche aufsuchte, gegen das Originalmodell austauschte. Und eine Fußmatte mit Windmühle würde unseren Ruf als nonkonformistische Camper auch nicht unbedingt ausbauen.

Entschuldigung, wie weit bin ich eigentlich mittlerweile? Stehe ich hier in einem Baumarkt und muss unbedingt etwas kaufen, nur weil ich Urlaub auf einem Campingplatz mache, auf dem jeder andere auch schon etwas in diesem Baumarkt gekauft hat?

Ich bin mein eigener Herr. Ich entscheide selbst, wann ich was kaufe. Im Moment brauche ich eben nichts, nihil, nullum, gar nichts. Und ich lasse mir doch hier nicht von irgendwelchen dahergelaufenen hochgerüsteten Campern ein Konsumverhalten aufzwingen, das jeglicher Bedarfsplanung widerspricht. Wir werden jetzt sofort diesen Traumladen mit seinem wahnsinnig verlockenden Black-und-Decker-Angebot verlassen, und dann werde ich so stolz sein wie ein USA-Tourist, der es geschafft hat, diesen raffgierigen Zockern in Las Vegas aber auch nicht einen Cent ins Maul zu werfen.

»Für das Geld, das das gekostet hätte, was wir nicht brauchen, können wir einen Ausflug machen oder im *Zeerover* zweimal essen!«

Da war es wieder. Woher weiß sie das? Wie gut, dass ich niemals in Las Vegas pokern werde!

Vor dem *Het Doemarkt* standen die gleichen Fahrradständer, wie man sie überall auf der ganzen Halbinsel finden konnte. Es gab nur einen Unterschied zu allen anderen Fahrradständern auf der Insel. Die Fahrradständer im *Het Doemarkt* hatten ein Preisschild: »Euro 28,–!«

Also, wenn das jetzt nicht preiswert war. Und wir wollten uns ja ohnehin noch Fahrräder leihen, und so einen Fahrradständer konnte man bestimmt auch zu Hause gebrauchen. O.K., wir hatten zu Hause keine Fahrräder, aber das konnte man ja ändern!

Wir stellten unseren Fahrradständer vor den Wohnwagen, und wenn wir erst unsere Fahrräder geliehen hätten, würden wir diese in den neuen Fahrradständer stellen.

Das war der Tag, der dazu führte, dass heute vor

fast jedem Wohnwagen auf *De Grevelinge* ein Fahrradständer steht.

Im *Het Doemarkt* kosten die Fahrradständer inzwischen vierundvierzig Euro, aber es sind auch richtig gute Fahrradständer, und deshalb finden sie immer noch reißenden Absatz. Es ist halt so, dass man den Holländern eines attestieren muss: Wenn irgendwas mit Fritteusen oder Fahrrädern zu tun hat, damit kennen die sich aus!

Der Zeerover

Heinrich und Hilde hatten sich eingerichtet.
»Einen Fahrradständer kaufen und dann irgendwann Fahrräder leihen! Das erinnert mich an *Emil und die Detektive*! Da hatte jemand eine Hupe und hat sich dann dazu das passende Motorrad gekauft!«
Ich hasse es, wenn jemand Kästner zitiert, wenn ich selber auf die Idee hätte kommen können!
»Aber Fahrräder, das ist keine schlechte Idee! Fahrradfahren ist die beste Möglichkeit, den Puls auf einhundertunddreißig zu halten. Man muss das nur fünfundvierzig Minuten durchhalten, dann verbrennt der Körper automatisch Fett, und das könnten Sie ja ganz gut gebrauchen!«
Heinrich und Hilde waren mir eh unsympathisch, warum sie sich solche Mühe gaben, dieses Gefühl noch zu steigern, verschließt sich meiner Erkenntnis. Sie taten es!
»Darf ich Sie noch auf ein Bier einladen?«
»Nee, wir wollen noch einen kleinen Ausflug zum Strand machen. Mal sehen, vielleicht jogge ich noch fünfundvierzig Minuten, und es ist sowieso schon ziemlich spät geworden, beim nächsten Mal vielleicht!«
Auf dem Weg zum Parkplatz bemerkte Anne: »Sieh es einfach mal so: In jeder guten Nachbarschaft

gibt es ein Arschloch! Aber deswegen muss man doch nicht gleich das ganze Haus verkaufen!«

Hatte ich erwähnt, dass sie Gedanken lesen kann?

Wären wir gleich am Vormittag, wie die Kinder das wollten, an den Strand gefahren, dann hätten wir herrlichen Sonnenschein gehabt. Aber ich musste ja noch dem neuen Nachbarn helfen und den Baumarkt inspizieren. Jetzt waren vom Meer dunkle Wolken aufgezogen. Nur: »Es gibt ja kein schlechtes Wetter, es gibt nur falsche Kleidung!«

Der Sack, der seinerzeit diesen Satz erfunden hat, den sich Holland-Camper jetzt fast täglich um die Ohren hauen, gehört eigentlich posthum verdroschen.

Wir mussten den Wagen ein paar hundert Meter vor dem Deich auf einem – natürlich kostenpflichtigen – Parkplatz abstellen. Der Parkplatz war fast leer. Der Weg zum Strand führte durch einen Naturschutzstreifen, ziemlich unberührt. Wenn man nach links und rechts schaute, sah man hingehockte Büsche und schiefe kleine Bäume, die den Betrachter schon auf den Wind hinwiesen, der hier wohl ganz heftig wehen konnte. Man ahnte das Meer schon, bevor man es sah.

Auf dem Weg zum Strand ließ sich auch feststellen, warum auf dem Parkplatz kaum ein Auto stand. Die anderen waren alle mit dem Fahrrad gekommen. Auf dem ganzen Weg vom Parkplatz bis zum Deich waren an beiden Seiten des Weges Fahrradständer abgestellt.

Es war überwältigend, als ich zum ersten Mal auf diesem Deich stand. Ein breiter, heller Sandstrand.

In beide Richtungen kauerten vor dem Deich bunte Holzhütten, die man mieten konnte, um Eimerchen, Schüppchen, Windschutz, Drachen und Wer-weiß-denn-jetzt-schon,-was-man-sonst-noch-alles-an-den-Strand-mitnehmen-kann darin unterzubringen.

Es gab ein paar Spielgeräte, die natürlich sofort ausprobiert werden mussten. Eine normale Schaukel, eine Schaukel mit Autoreifen und eine Rutsche. Tristan und Edda tollten im Sand herum, ich hatte den Arm um Anne gelegt, und wir beobachteten, wie die beiden schaukelten und rutschten, wie sie Muscheln und Steine sammelten und gar nicht mitkriegten, dass es mittlerweile angefangen hatte zu nieseln. Sie sahen wieder ein bisschen so unbeschwert und fröhlich aus wie damals auf dem Campingplatz in Dänemark.

Wir gingen ans Meer. Erst mal nur mit den Füßen ins Wasser – also als mediterran konnte man die Wassertemperatur nicht bezeichnen! Wenn man Lust hat, ein positives Wort zu finden, dann ist »erfrischend« wahrscheinlich die beste Wahl. Aber wer braucht schon eine Erfrischung im Nieselregen. Erfrischung von oben und unten, das kann leicht zur Überdosis werden.

Die Taschen der Barbourjacke voll mit Steinen und Muscheln, machten wir uns auf in den *Zeerover*, eine Kneipe als Pfahlbau direkt am Strand. In diesem Moment war das Wasser weit weg, aber die Bauweise zeigte schon, dass das in den Herbststürmen wohl anders aussehen konnte.

Alle paar hundert Meter fand sich am Strand so ein Strandpavillon. Man hatte uns schon die unterschiedlichsten Bewertungen zugetragen. Wenn man also links rum nach Domburg spazierte, dann kam vor dem Hundestrand zuerst mal das *Lage Duintjes*, wo man auch bei tollem Wetter noch einen Platz auf der Terrasse bekam.

Bog man rechts ab Richtung Vrouwenpolder, dann erklomm man an der Grenze zum FKK-Strand über eine steile Treppe das *Pays Bas*, wo Barry, der Wirt, mit seinem Hund Ugly residierte. Der Hund ist ein Mops-Bullterrier – hier variieren die Berichte –, und der heißt nicht nur so! Man konnte also bei einer ausgedehnten Strandwanderung immer wieder nachtanken oder seinen Proviant auffrischen.

Wir hatten an diesem Tag nicht wirklich die ganz große Auswahl an Strandpavillons. Eine längere Strandwanderung hätte zwangsläufig dazu geführt, dass wir die Kinder auf den Schultern hätten tragen müssen und das bei Nieselregen. Der *Zeerover* lag dreißig Meter Luftlinie von unserer Wassertemperatur-Mess-Station entfernt. Die Entscheidung wurde uns also leicht gemacht.

Vorn am *Zeerover* war eine Art Kiosk mit einem Schild, auf dem man sich schon mal auf kleinen Bildchen angucken konnte, wie lecker das Eis war. Hier kaufte man Pommes frites und kühle Getränke; rechts neben dem Kiosk führte dann eine Tür in die eigentliche Kneipe, und wiederum dahinter fand sich eine Terrasse mit einem Glaswindschutz gegen Sand und Wind.

Der *Zeerover* war wirklich urig, die Speisekarte so reichhaltig wie die Speisen. Man holte sich die Getränke am Tresen ab, und das Essen wurde gebracht. Der Kellner hatte immer eine Pfeife im Mund, wobei ich mir nicht mehr sicher bin, ob die jemals gebrannt hat, und was mir auch gleich zu Beginn auffiel, war der Geruch, ein Geruch von Meer, Holz, Teer und Fritten. Das ist der Geruch, den ich seither mit Urlaub gleichsetze. Ich bin mal auf einer Baustelle in den Bauwagen gegangen, weil ich aus irgendeinem Grund gedacht hatte, es könnte dort vielleicht ein bisschen riechen wie im *Zeerover*. Fehlanzeige! Es riecht nirgends wie im *Zeerover*.

Und die wissen, wie man mit Kindern umgeht! Es gab dort nicht nur die ganz normalen Bälle und die Eimersets mit Förmchen und Schüppchen im gelben Apfelsinennetz, die man überall kaufen konnte. Nein, im *Zeerover* gab es auch noch Piratenschwerter, Piratenfahnen, ja, selbst Piratenkostüme, wie man sie in solch bunter Schönheit sonst nur in Köln in der Karnevalsabteilung des Kaufhof erstehen konnte. Irgendwie war mir klar, dass wir hier nicht ohne Großeinkauf wieder rauskämen.

Die Kinder konnten überhaupt nicht nachvollziehen, warum es in Holland Fritten mit Apfelmus gab, und wenn ich ehrlich sein soll, ich auch nicht. Aber ansonsten muss man unseren Nachbarn eines zugestehen: Fritten backen, das können die! Alles, was man aus einer Fritteuse ziehen kann, hat eine nie gekannte Qualität!

Manchmal wundere ich mich, warum man in Holland so selten einen guten Salat bekommt. Genau genommen gibt es zwei Gründe. Zum einen werden die besten Salate, Gurken und Tomaten wohl nach Deutschland exportiert, und zum anderen wird ein Salat eben nicht in der Fritteuse zubereitet.

Die *Frikandel* ist eine Art Frikadelle als Wurst, nee, so kann man es nicht beschreiben, eine Wurst ohne Pelle, aber keine Wurst in unserem Sinne, es ist also keine Frankfurter oder Wiener, es ist ... es ist egal! Das trifft es. Sie ist lecker, und ich hatte mir nach meiner ersten *Frikandel* fest vorgenommen, niemals rauskriegen zu wollen, was da drin ist. Es handelte sich ja auch noch um die berühmte *Frikandel speciaal*. Das *speciale* ist, dass sie mit einer Linie Ketchup, einer Linie Mayo und mit Zwiebelwürfeln serviert wird. Seit diesem ersten Tag im *Zeerover* ist *Frikandel speciaal met Frites* meine Passion und wohl auch der Grund, warum ich nach einem Holland-Urlaub die Wochenanzahl auf der Waage ablesen kann.

Als der Regen eingesetzt hatte, erwiesen sich zwei mögliche Fluchtwege als besonders frequentiert. Der größere Strom zog in Richtung Fahrradständer, um den Weg ins heimische Ferienhaus oder Vorzelt anzutreten, ein kleinerer verlief Richtung *Zeerover*, um dem Strandnachmittag noch einen gebührenden Abschluss zu gewähren.

Entsprechend gut gefüllt waren die Tische, wir hatten Glück, dass ein gestrenger Vater gerade seine Familienmitglieder anwies, Windschutz, Rucksack, sämtliche Eimer und Schüppen aufzuklauben, um den geregelten Rückzug anzutreten. So konnten wir einen Vierertisch direkt am Fenster erben.

Die Nordsee war zwar nur ein wenig rauer geworden, nur ab und zu kräuselten sich weiße Schaumkronen an den Wellenspitzen, aber der Wind blies doch eine Menge laute Regentropfen gegen die Scheiben.

Ich ließ den Blick durch den Innenraum der Kneipe wandern. Das, was von außen ein Pfahlbau war, war es von innen zum Glück auch.

Hier hatte kein Innenarchitekt auch nur ein Bier verdient. Der Inhaber selbst hatte mit leichter Hand warmes Holz mit offen liegenden Kabeln kombiniert, er hatte aus einfachen Möbeln und Piratenfiguren, einer Kinderspielecke, einem Foto von Königin Beatrix und diversen Bierreklamen eine Komposition geschaffen, die den Biersuchenden sofort denken ließ: »Ja, so sollte mein Wohnzimmer aussehen!«

Auf Fahnen, Sonnenschirmen, Bierdeckeln und durch einen Papp-Mönch in Lebensgröße wurde der durstige Urlauber auf das belgische Trappistenbier hingewiesen, das es im *Zeerover* vom Fass gab: Grimbergen Double. Dazu gab es die Grimbergen-Stempelkarte. Man bekam für jedes getrunkene Glas Grimbergen einen Stempel, und wenn man zwölf Stempel zusammenhatte, erhielt man als Prämie ein Glas oder ein T-Shirt. Man konnte das Glas natürlich auch einfach klauen, aber wo bleibt da der Sportsgeist!

Ich hatte schon auf dem Campingplatz davon gehört. Jeder hatte so eine Stempelkarte! Wenn es einen Werbespot für Holland-Urlaub gäbe, dann hieß es darin nicht: »Mein Boot, mein Haus, mein Auto!«, sondern: »Mein Vorzelt, mein Wohnwagen, meine Stempelkarte«. Wenn man stolz mit einem neuen Grimbergen-Glas nach Hause kam, das brachte einem schon die bewundernden Blicke der Nachbarn ein. Es ging die Mär von Leuten, die sich ein solches Glas an einem einzigen Tag zusammengesoffen hatten.

Das kann man aber niemandem empfehlen, Grimbergen Double hat immerhin sechs Volumenprozente Alkohol. Aber das ist es nicht. Es hat irgendwas anderes. Es schmeckt einfach ein bisschen süß, aber auch ein bisschen herb, aber es wirkt irgendwie anders.

Der Regen hatte an Intensität zugenommen, doch nach dem ersten Glas fand ich es jetzt eigentlich ganz schön, so im Trockenen zu sitzen und durch die regennassen Scheiben auf den Strand und das Meer zu schauen. Nach dem zweiten Glas war ich mir sicher, dass ich immer schon im Regen am Strand sitzen wollte, und nach dem dritten Glas schien die Sonne.

Das ist der Vorteil an belgischem Bier. Die haben halt nicht unser »Deutsches Reinheitsgebot von fünfzehnhundertirgendwas«. In deutschem Bier darf ja nur Wasser, Hefe, Hopfen und Malz sein. In belgischem Bier ist Wasser, Hefe, Hopfen, Malz und ein wie auch immer gearteter Happymaker! Der Papp-Mönch lächelte auch immer so leicht abwesend, da hätte es mir eigentlich schon auffallen können.

Als wir den *Zeerover* verließen, hatte jedes der Kinder ein Schwert und ich sämtliche Piratenhüte aufprobiert. »Papa, du bist jetzt ein bisschen albern!« – »Nein, Papa ist nur ein bisschen betrunken!« Ich hatte die ersten drei Stempel in meiner Stempelkarte und Anne die Autoschlüssel.

Als wir am Auto waren, waren wir alle pudelnass. Die Sonne musste kübelweise auf uns runtergeschüttet sein.

Holland ohne Fiets ist nicht Holland

Der Regen hatte nachgelassen, wir kamen vom Auto trockenen Fußes zum Wohnwagen. Ich fand den Tag weiterhin Grimbergen-bedingt witzig, ich amüsierte mich über die Farbzusammenstellung eines hellgrau-rosa-lila-weißen Vorzelts, ich fand die Nummernschildkombination SU-FF zum Brüllen komisch, und dann kam Norbert. Norbert hatte mit Josie den letzten Stellplatz auf unserem Feld, direkt vor der Gracht. Norbert wohnte im normalen Leben in Stolberg, hatte eine Frisur, wie man sie sonst bei Fußballnationalspielern findet, dazu einen kleinen Schnäuzer und stramme Waden, um das Bild abzurunden.

Norbert hatte auf dem Metallmüll – dort, wo man schon mal fehlende Federn für die Campingstühle finden konnte oder halbe Liegen – die Überreste eines Fahrrads gefunden. Ein verrostetes Etwas, das ehemals ein schmuckes Hollandrad gewesen sein musste, »ehemals« hieß aber in diesem Zusammenhang vor mindestens zwanzig Jahren.

Er bot ein groteskes Bild, oder zumindest kam es mir so vor, wie er da mit dem Fahrradrahmen um den Hals auf unser Feld marschierte. Das Fahrrad oder das, was von ihm übrig war, war mal eine Gazelle Impala gewesen, der Gesundheitslenker war noch intakt, ein Pedal fehlte, das Vorderrad hatte nicht nur eine Acht, es hatte eine Achtundachtzig, das Hinterrad hatte einen Platten, und ein Sattel war gar nicht mehr vorhanden. Irgendjemand hatte in grauer Vorzeit eine Restaurierung oder besser eine Modernisierung versucht, der Rahmen war nicht, wie es bei alten Hollandrädern typisch war, schwarz, sondern lila. Es sah schrecklich aus.

»Was willst du denn mit dem Schrottgerät?«

Norbert war fast ein bisschen beleidigt. »Schrottgerät? Gazelle Impala!, das war einmal die Krone der Fahrradschöpfung. Schau dir das an, das sind keine Handbremsen, das ist ein Metallbügel, den man von beiden Seiten des Lenkers ziehen kann, und das Bremsgestänge, das führt zur Trommelbremse im Vorderrad, also, wenn ein Vorderrad vorhanden ist. Eine Trommelbremse! Schon damals! Da hatte mein Schulfahrrad noch einen Gummibremsbelag, der einfach auf den Schlauch gedrückt wurde. Oder sieh dir das hier an! Das ist eine Sturmy-Archer-Dreigangschaltung, und hier, der Kettenschutz ist noch aus Metall, da fehlt nur oben die Chromleiste.«

»Norbert, an dem Fahrrad fehlt so ziemlich alles!«

»Quatsch, dieses Rad hat eine wunderbare Substanz. Ich bin sowieso nicht der Typ, der sich drei Wochen lang in die Sonne legen kann. Und Josie wird sauer, wenn ich noch mal drei Wochen lang mit der Angel durch Walcheren ziehe. Nein, wenn ich drei Wochen lang in unmittelbarer Nähe unseres Wohnwagens ein Fahrrad restauriere, dann kommt das meinem Eheleben bestimmt zugute.«

»Wo willst du denn zum Beispiel das fehlende Originalvorderrad mit Trommelbremse herkriegen?«

»Entweder vom Metallmüll, da liegt jeden Tag ein anderes halbes Fahrrad rum, oder von Jan Wagemakers, das ist der Fahrradhändler im Dorf, und der führt Gazelle, der besorgt mir bestimmt alles, was ich brauche! Ich werde in diesem Urlaub aus dieser hervorragenden Substanz ein Fahrrad bauen. Und damit ihr es von vornherein wisst, nach unserem Urlaub wird Josie mit Sebastian und Vanessa alleine im Auto nach Hause fahren. Ich fahre mit diesem Fahrrad zurück nach Stolberg.«

In gewissem Sinne hatte Norbert Recht. Es fiel immer wieder auf, dass man in Walcheren kein Auto brauchte.

Man brauchte ein Fahrrad. Vor allem dann, wenn man schon einen Fahrradständer hatte. Mit dem Auto wurde man ständig benachteiligt. Mit dem Fahrrad konnte man bis fast an den Strand fahren, und es kostete nichts. Mit dem Auto musste man die letzten vierhundert Meter laufen, und es kostete zwei Euro. Mit dem Auto bekam man im Dorf keinen Parkplatz, aber Fahrradständer gab es an jeder Straßenecke. Aber das Schlimmste ist: Auf viel befahrenen Landstraßen kann man mit dem Auto nicht links abbiegen.

Da fahren Fahrräder, da steht man und steht und steht, bis die Räder viereckig sind. Wenn man ganz schlau ist, dann sucht man sich eine Stelle zum Abbiegen, wo eine Linksabbiegerampel installiert ist. Da bekommen die Radfahrer irgendwann Rot. Aber das interessiert die nicht! Da bekommst du Grün, aber links fahren Fahrräder, da steht man und steht, aber das habe ich ja schon erwähnt.

Ich habe wirklich darüber nachgedacht, ob es Sinn macht, sich ein kleines Stöckchen patentieren zu lassen, das man im Handschuhfach aufbewahrt.

Da muss man dann nur mit der rechten Hand das Handschuhfach öffnen und das Stöckchen rausnehmen, während man mit der linken Hand das Fenster in der Fahrertür runterlässt.

Dann wechselt man das Stöckchen von der rechten in die linke Hand, und während man sich unauffällig mit dem Beifahrer unterhält, wirft man es »schwupp«…

Man muss nur ein einziges Vorderrad treffen, und zwar so, dass sich das Stöckchen zwischen Speichen und Gabel verhakt, nur ein einziges Vorderrad.

Alles andere erledigt sich von selbst. Die fallen übereinander und untereinander, und hinten im Auto sitzen die Kinder und rufen: »Domino Day!«

Ich habe das mit dem Patent gelassen. Ich fürchte nämlich, das könnte genau die Situation sein, in der der Holländer als solcher einfach gar keinen Spaß mehr versteht. Ich glaube, die werfen dann mit Luftpumpen und Satteltaschen.

Andererseits, wenn man schnell genug Gas gibt und ganz schnell links abbiegt, dann ist man ja, bis die sich aufgerappelt haben, schon längst an der nächsten Linksabbiegerampel!

Norbert stolzierte mit seinem Fund um den Hals zu seinem Wohnwagen. Es hätte wohl zu neugierig ausgesehen, wenn wir ihm ein paar Schritte um die

Ecke gefolgt wären, um Josies Reaktion zu beobachten. »In zehn Sekunden sieht Josie, womit sie in den nächsten drei Wochen ihren Mann teilt!« – »Zehn, neun, acht, sieben, sechs, fünf, vier, drei, zwei, eins ...« – Stille, keine Reaktion, war sie nicht zu Hause? Doch! Sie war wohl nur ein paar Sekunden sprachlos! »Norbert, das ist nicht dein Ernst!«

Zum Glück gar nicht so ein Touristendorf

Johnnys Campingplatz-Supermarkt verfügt über ein ganz besonderes Warensortiment. Er hat einfach alles im Regal, was so ein Camper braucht. Vorne am Eingang gibt es gekühlte Getränke für den Sofortverbrauch. Dann geht es vorbei an Dosensuppen und der Kaffee- und Kakao-Abteilung zu den Kühlschränken mit den Milchprodukten und dem Aufschnitt.

Der Mittelgang hält die unterschiedlichsten Sixpacks Bier bereit, dazu alkoholfreie Getränke und Weine, aber keine Spirituosen. Dafür muss man in die *Wijnkooperei*! So heißt das Spezialgeschäft, ein bisschen irreführend, denn die Weinkauferei kann durchaus auch bei Johnny stattfinden, nur den *Genever* kriegt man da nicht!

Im gleichen Gang gibt es noch die Chips, die Salzstangen und all die anderen Knabbereien, die ich abends nicht essen darf. Ich muss es auch nicht. Ich kann mir die Tüten direkt auf die Hüfte tackern, die Kilos werde ich sowieso nicht mehr los!

Auf dem Rückweg mündet der Mittelgang nach einer scharfen Linkskurve in die Abteilung »Weiches Brot und Brötchen«. Ich war nahe daran, mir mit der Hand aus den Regalen ein Sesam- und ein Mohnbrötchen zu klauben, dazu noch zwei duftende Croissants und vier von diesen langen gekörnten Brötchen, weiß der Geier, wie die heißen, als die ältere Dame hinter mir mich mit festem, aber auch nachsichtigem Blick auf die Zange hinwies, mittels derer man bei Johnny die Brötchen in die Tüte packt.

Ich weiß bis heute nicht, warum ich ein Brötchen, das gleich zum Frühstück unseren Brotkorb bereichern würde, nicht mit der Hand anfassen sollte... Doch ein Grund fällt mir ein: Die Frau hat wirklich sehr böse geguckt!

Genau an dieser Stelle, an Johnnys Brötchentheke, beginnt morgens der Stau, und genau ab dieser Stelle ist das auch nicht mehr schlimm. Quatsch, ab dieser Stelle genieße ich das Warten. Jetzt kann ich mich umschauen. Jetzt macht es mir Freude, von Johnnys Produktauswahl auf das Camperleben zu schließen.

Die Zielgerade in Johnnys Supermarkt ist das, was man unter »Gemischtwarenladen« versteht: Vom Fünffachstecker mit anderthalb Meter Kabel bis zum Deospray findet sich hier alles, was das Camperherz begehrt!

Ich weiß nicht, ob ich es erwähnen muss, aber natürlich kann man bei Johnny auch Propangasflaschen kaufen, ausleihen, auffüllen, Kühlaggregate kaufen, ausleihen, kühlen...

Und trotzdem! Nach dem Frühstück mussten wir dringend unsere erste Entdeckungsfahrt ins Dorf unternehmen. Edda war von diesem Plan gar nicht begeistert. Sie hatte uns, als Anne und ich noch mit dem letzten Kaffee beschäftigt waren, ein kleines blondes Mädchen in einem hellblauen Kleidchen vorgestellt: »Das ist die Sabrina, die kommt aus Dortmund, das liegt auch in Deutschland, und die Sabrina ist meine neue Freundin.«

Ich musste mich als Familienoberhaupt durchsetzen. Zum einen galt es rauszukriegen, ob es vielleicht noch einen preiswerteren Supermarkt gab als den von Johnny auf dem Campingplatz, und zum anderen sehnte sich meine EC-Karte nach dem entsprechenden Schlitz im Geldautomat. Und wir mussten uns noch Fahrräder leihen!

Es war zum Glück gar nicht so ein Touristennest. Natürlich konnte man auch die *Bild* und die *Bunte* in dem Laden kriegen, der mit *Bild*, *Bunte*, anderen Zeitungen, blauweißen und rotweißen Leuchttürmen, Porzellan, Muschelkerzen, Muscheln, Kinderspielzeug, Zigaretten, Staubsaugern und mit sonst noch allem handelte, was man nicht beim Bäcker, beim Fleischer oder im Fischgeschäft kaufen konnte.

Den Bäcker fand ich am spannendsten. Ich habe vorher und nachher nie einen Bäcker gesehen, der so viele verschiedene Arten von Brötchen anbot, inklusive der Kreationen »Brötchen als Walfisch« und »Brötchen als Seestern«! Aber am besten war der Name. Es stand groß draußen dran: *De warme Bakker*, obwohl der Mann ansonsten von durchaus normaler Veranlagung zu sein schien.

Der Supermarkt hieß treffenderweise Meermarkt, und dort gab es wirklich alles, unter anderem Holzkohle und einen Grill im Sonderangebot: neun Euro neunzig für einen gusseisernen Kleinsttonnengrill, der für uns sicher reichen würde.

Es gab einen Blumenladen, einen Italiener, einen

Griechen, eine Frittenbude, einen Supermarkt und die Rabobank mit Geldautomat.

Wenn man sich in Holland auf eins verlassen kann, dann, dass jeder noch so kleine Ort ein Fischgeschäft, einen Fahrradladen und eine Rabobank mit Geldautomat zu bieten hat.

In unserem Dorf gab es am Ortsausgang noch zwei typisch holländische Geschäfte: den besagten Fahrradladen von Jan Wagemakers (ich habe bis heute nicht begriffen, warum gerade der Fahrradhändler »Wagemakers« heißt!) und einen Mann, der war, ja, was war der? Eigentlich Schneider. Aber dieser hier, der schneiderte Markisen, Windschutze und Liegestühle.

Ich habe noch nie einen chaotischeren Laden gesehen. Hunderte verschiedenfarbiger Stoffballen lagen ohne jede Ordnung auf einem Riesentisch drapiert, und darum herum verkaufte ein Mann, dessen Gesicht davon zeugte, dass er an der Nordsee aufgewachsen war. Er hatte immer eine Zigarette im Mundwinkel, und er erzählte uns, dass es auf seinen Windschutz eine Garantie gab, solange er lebte! Gut, das wollte natürlich bei dem Zigarettenkonsum nicht viel heißen. Aber Rinus hatte uns schon erklärt, dass es auf der ganzen Welt keinen besseren und haltbareren Windschutz gab als den von dem wettergegerbten Kettenraucher mit dem chaotischsten Laden Hollands.

Wir entschieden uns für einen dunkelblauen Sechs-Felder-Windschutz, der im oberen Drittel einen kräftigen gelben Streifen hatte. Man hätte sich auch selber einen entwerfen können. Den hätte er dann nach den individuellen Wünschen angefertigt, aber dieser war schon fertig, und den konnten wir gleich am Nachmittag mit einem großen Vorschlaghammer in den Boden treiben. Hatte ich erwähnt, dass Rinus einen riesengroßen Vorschlaghammer hat?

Jan Wagemakers verkaufte nicht nur Fahrräder, er verlieh sie auch, die berühmten Hollandräder, die, bei denen der untere Teil des hinteren Schutzblechs weiß lackiert ist. Es gibt die Marken Union, Locomotief und den Mercedes unter den Hollandrädern: Gazelle. Wir haben uns für zwei Locomotiven entschieden, irgendwie hatte ich wohl bei dem Markennamen den Eindruck, dass man nicht so feste treten musste, das Rad würde schon ein Übriges tun. Eines der beiden Räder hatte sogar einen Tacho, damit wir nachmessen konnten, wie viele Kilometer Radweg wir im Urlaub so unter die Räder nehmen würden.

Die beiden Kindersitze wurden gleich mit geliehen. Die holländischen Kindersitze sind eine geniale Erfindung. Die werden einfach in den Gepäckträger eingeklemmt. Die funktionieren tadellos und wiegen etwa ein Drittel von einem normalen deutschen Kindersitz. Bei uns würden die wohl nie vom TÜV zugelassen. Dabei könnte sich der TÜV eins merken: Alles, was mit Fritteusen und Fahrrädern zu tun hat, das können die Holländer.

»Dann bräuchte ich noch Ihre Urlaubsadresse. *De Grevelinge!* Was für ein Zufall! Ich habe gerade eben zwei Gazelle-Räder mit den gleichen Kindersitzen an ein sehr nettes Ehepaar verkauft, die sind auch auf *De Grevelinge!*« Ich schaute Anne an, und ich sah in ihren Augen, auch sie wusste ganz genau, an wen!

Im Wijkhuisje Weg hielten wir an, denn durch den Schilfbewuchs der Gracht erspähten wir eine Fasanenmama mit vier Jungen – oder heißt das Küken? –, die über die Felder stolzierte. Tristan wollte sofort hin, aber ich hatte ihn mit so viel Mühe auf dem Kindersitz festgezurrt, dass wir uns darauf einigten, das Spektakel aus dieser Position heraus zu verfolgen.

In einer Gefahrensituation hilft leider auch der beste Kindersitz nicht. Wenn Tristan hinten in seinem Sitz einschläft und der kleine Körper sich nach rechts verlagert, während man selbst gerade in eine Linkskurve steuert, dann kann es einem passieren, dass man ganz fürchterlich auf die Nase fliegt, vor allem, wenn man einen Sack Holzkohle am Lenker hat und einen Windschutz unterm Arm.

Manchmal wäre ein Auto auch in Holland praktisch.

Und trotz allem. Wir haben nicht einmal Schürfwunden davongetragen, und ich war schon ziemlich stolz, als wir mit unseren Lokomotiven vorgeradelt kamen!

Natürlich waren Heinrich und Hilde Büsinger diejenigen, die bei Jan Wagemakers die neuen Räder gekauft hatten, natürlich mussten wir ihre neuen Zweiräder gebührend bewundern, und natürlich waren diese Räder um einiges schöner als unsere. Aber Heinrich und Hilde waren neben uns an diesem Tage nicht die einzigen Wagemakers-Kunden gewesen.

Norbert hatte sich einen Sattel besorgt. Ursprünglich sollte es ein Brook-Sattel aus Leder mit ganz vielen Metallfedern sein, aber der sollte über dreißig Euro kosten. Das ganze Vorderrad war nagelneu und vor allem mit Original-Trommelbremse, dazu ein neuer Schlauch für das Hinterrad, das fehlende Pedal musste erst noch bestellt werden, und am Nachmittag war er wieder am Metallmüll, und dort hatte er einen Lenker gefunden, der zwar bei weitem nicht so toll war wie der an seinem Fahrrad, aber der hatte eine intakte Klingel. »Jetzt hör dir mal diesen vollen Sound an!« Ich war komplett begeistert.

Ich saß mit Anne vor dem Vorzelt. Am First hing nun stolz ein Schild, das wir gerade im Meermarkt gekauft hatten, aus Holz – wahrscheinlich in Taiwan – geschnitzt! In blauer Schrift auf weißem Grund war da zu lesen: »Gone to the Beach!« Unter dem Schild hingen, mit Bindfäden befestigt, ebenfalls geschnitzt und ebenfalls in Blauweiß gestrichen, ein Segelboot, ein Leuchtturm und ein Fisch.

»Das können wir aber nur aufhängen, wenn wir wirklich hier sind! Sonst ist das ja eine Einladung, uns das Vorzelt auszuräumen!«

Ich könnte ihr jetzt erzählen, dass auf einem Campingplatz nichts geklaut wird, aber das würde sie mir nicht glauben, und wahrscheinlich hätte sie Recht.

Ich sagte: »Es ist schön hier, nicht?« – »Ja! Alles ist so sauber! Man hat bei jedem Dorf den Eindruck, es hat gerade am Wettbewerb ›Unser Dorf soll schöner werden!‹ teilgenommen.«

War ich zu optimistisch? Oder hatte sie wirklich Spaß an unserem ersten Campingurlaub? Der Pessimist denkt, das Glas ist halb leer, der Optimist denkt, es ist halb voll! Der Optimist sagt: »In zehn Jahren gehen wir alle betteln!« Der Pessimist fragt: »Bei wem?«

Nein, ich war mir fast sicher, es gefiel ihr wirklich, Anne mit ihrer Vorliebe für alles Grüne mit einer bunten Blüte dran! Hier in Walcheren wohnten einfach Leute mit dem Sinn für einen schönen Vorgarten, mit dem grünen Daumen für Stockrosen, mit dem Gespür für das gardinenlose Fenster!

Gapinge beispielsweise oder Aagtekerke würden jeden Wettbewerb »Unser Dorf soll schöner werden!« locker gewinnen, aber die Leute legen es einfach nicht darauf an!

»Vielleicht hast du Recht!«, sagte sie. »Vielleicht ist es einfach so: Der Holländer kauft sich ein Auto, wenn das alte kaputt ist! Der Deutsche kauft sich eins, wenn der Nachbar eins gekauft hat!«

»Das darf man nicht verallgemeinern. Es gibt Deutsche...«

Norbert schraubte den neuen Sattel auf seine Impala!

»Es gibt Deutsche, die haben gerade einen Kleinsttonnengrill gekauft! Und wenn man sich so einen Kleinsttonnengrill erst mal zugelegt hat, dann muss man auch grillen!«

Der Weinkeller auf dem Campingplatz

Wenn man sich schon den Kleinsttonnengrill zugelegt hat, dann muss man auch grillen.

Eigentlich war das nicht der wahre Grund. So gegen achtzehn Uhr legte sich über den Campingplatz immer ein Duft von brennender Holzkohle, von Grillwürstchen, Satespießen und Bauchspeck. Es war nicht so sehr das Gefühl, das müssen wir auch mal machen, sonst passen wir hier nicht hin. Diese Begründung würde sich an dieser Stelle sicher gut machen, die Wahrheit ist aber eine andere: Ich grille für mein Leben gern!

Bei uns zu Hause in der Reihenhaussiedlung gibt es gleich mehrere Grillfeste pro Jahr. Die Eröffnung der Grillvorsaison feiern wir traditionell am Tag nach Aschermittwoch, an Frühlingsanfang ist dann Eröffnung der Grillsaison, dann folgen noch Grillsaison-Bergfest, Ende der Grillsaison, Sechs-Wochen-Amt für das Ende der Grillsaison und dann die letzte Grillparty des Jahres zum Ende der Grillnachsaison, das ist traditionell am ersten Advent. Dann müssen wir nicht mehr grillen, dann ist ja Weihnachtsmarkt. Und wenn wir so auf dem Weihnachtsmarkt stehen, zwischen Glühwein- und Würstchenstand, dann sagt Tristan manchmal: »Papa, hier riecht es wie bei uns zu Hause!«

Auf dem Campingplatz grillen war einfach das Größte. Wir schlugen fast jedes Restaurant im Umkreis von zehn Kilometern, allein schon wegen Annes griechischem Salat mit Oliven und Feta-Käse. Von der üblichen Salatqualität in holländischen Restaurants habe ich ja schon berichtet.

Wir hatten Würstchen besorgt, *Drumsticks*, das sind kleine, scharf gewürzte Hühnerbollen und eben jene Satespießchen, die jeder Fleischer und jeder Supermarkt in Holland führt. Dabei handelt es sich um drei kleine Spieße mit eingelegtem Geflügelfleisch, das Rezept stammt aus Indonesien oder Java oder Middelburg, am leckersten sind sie mit Erdnussbuttersauce, die man leicht mit einem walnussgroßen Stückchen Ingwer, zwei Frühlingszwiebeln, drei Esslöffel Öl, Salz, schwarzem Pfeffer, einem viertel Liter Hühnerbrühe, zwei Esslöffel Erdnusscreme, einer Prise Cayennepfeffer und einer unbehandelten Zitrone selbst machen kann.

Besser war es allerdings, man kaufte die Spieße fertig im Meermarkt! Und noch besser war, man nahm sie einfach so vom Grill, auch nicht zu verachten. Und diese Spieße hingen so ineinander, dass man sie einfach nicht auseinander kriegte. Es musste irgendeinen Trick geben. Wahrscheinlich hatte Rinus einen elektrischen Satespieße-auseinander-Krieger. Erst viel später hat mir mal irgendjemand erklärt, dass man die gar nicht auseinander kriegen soll.

Drei Tage später erfuhr ich, man bestellte am besten im *Zeerover* Satespieße-Frites-Mayo und ließ den Grill ganz weg!

Für Annes griechischen Salat hätte man natürlich auch einen Kopfsalat, sechs Tomaten und eine Gurke kaufen können, aber die normale Methode schien bei den Kunden des *Meermarkt* eine andere zu sein. Es gab sämtliche Zutaten zum Salat fertig gewaschen und geschnitten in Frischhaltefolieballons. Selbst die Zwiebeln kaufte man schon fix und fertig gewürfelt.

Wir haben mit Rinus' Vorschlaghammer den Windschutz in Stellung gebracht und den Grill gemäß Anleitung zusammengesetzt. »Kleinstgrill« war keine falsche Bezeichnung, dafür war aber der Aufbau selbst für mich realisierbar. Es mussten drei Beine angeschraubt werden und drei Halterungen für... Heißt es jetzt das Rost oder den Rost?

Ulla stand mit ihrem Mann Ralf oder, besser gesagt, der Wohnwagen von Ulla und ihrem Mann Ralf stand schräg gegenüber von uns.

Ralf war Anästhesist im Klinikum in Mülheim an der Ruhr, er war blond und trug die Haare für einen Akademiker eindeutig zu lang. Ralf und Ulla reisten getrennt an: Ralf mit einer 1200er Kawasaki und Ulla mit einem achtundzwanzig Jahre alten Mercedes. Der Anästhesist auf der grünen Kawa und seine Frau im Uralt-Mercedes machten Urlaub in einem Fendt-Wohnwagen auf einem Campingplatz. Wieder einmal fiel mir ein, dass ich demnächst noch mal meine Vorurteile, was Camping anging, überdenken musste!

Ulla fragte, ob wir nicht auf den neuen Grill mal ein Gläschen Rotwein trinken sollten. Das war ja wirklich eine tolle Idee, denn an Getränke außer Fanta hatte ich gar nicht gedacht. Ich hatte wohl vor einem Sixpack Grimbergen gestanden, aber ich wollte mein *Zeerover*-Erlebnis nicht durch schnödes Flaschenbier entweihen. Außerdem gab es zu dem Sixpack ein Grimbergen-Glas gratis. Ein Grimbergen-Glas einfach so, ohne Stempel, geschenkt? Es wäre mir wie Betrug vorgekommen.

Ullas Angebot kam also wie gerufen. Sie deutete mit dem Finger an, dass ich ihr folgen sollte. Sie war vielleicht ein paar Jährchen älter als Ralf, vielleicht aber auch nicht. Sie trug einen Bikini mit einem Pareo, und sie konnte ihn sehr gut tragen. Mir war klar, als ich ihr hinterherdackelte, dass ich jetzt etwas ganz Besonderes sehen würde. Mein Gefühl trog mich nicht.

Ralf war Weinkenner. Er kaufte seine Weine direkt in Frankreich beim Winzer, und er nahm immer ein paar Fläschchen mit in den Urlaub. Ulla eröffnete mir mit wichtigem Blick und mit dem Anflug eines schelmischen Grinsens: »Wir lagern unsere guten Tropfen im Weinkeller!«

Ich hatte schon allerhand gesehen: eine Waschmaschine im Vorzelt, einen elektrischen Rasenmäher, und auch Ullas Gasgrill hatte mich nicht unbeeindruckt gelassen. Aber ein Weinkeller?

Unter einem gut aufgebauten Wohnwagen gibt es PVC-Bahnen, die, in Keder eingeführt, den Wind daran hindern sollen, kalt ins Vorzelt zu ziehen. Diese Plastikfahnen heißen in Deutschland bestimmt nicht so, aber ich weiß halt nicht, wie die in Deutschland heißen. In Holland heißen sie *Flappen*.

Ulla hob eine *Flappe* an und zog unter dem Wohnwagen eine Flasche Volnay hervor, einen wirklich exorbitanten Burgunder. Ich konnte nicht umhin, mir einzugestehen, dass das wohl genau die Portion Dekadenz ist, die auch mir auf einem Campingplatz so richtig Spaß macht.

Es dauerte nur Sekunden, schon lag ich auf dem Bauch und beäugte die unter dem Wohnwagen liegende Pracht. Ich kannte diese Billig-Stapel-Plastik-Weinregale, diese Dinger, auf die man sechs Flaschen Wein legen konnte, und wenn man eine siebte Flasche geschenkt kriegte, dann kaufte man sich für zwei Euro ein neues Regal und stapelte das dann über das erste.

Solche Produkte entstehen, wenn man zwei Produkt-Designer eine Nacht lang mit drei Flaschen Wein kreuzt, dachte ich. Unter einem Wohnwagen kann man diese Produkte einer durchtrunkenen Designer-Nacht natürlich nicht stapeln. Ulla und Ralf hatten zwei davon nebeneinander gelegt, und nachdem der Volnay entnommen war, lagerten dort noch sieben Flaschen. »Wir haben hier im Sommer eine ziemlich konstante Temperatur von ungefähr zwölf Grad unter dem Wohnwagen, und die Luftfeuchtigkeit ist doch optimal!«, meinte Ralf.

Wir haben uns für den Wein mit *Drumsticks* und Satespießchen revanchiert. Zwei *Drumsticks*, zwei Spieße und ein Stück Bauchfleisch – mehr auch nicht – passten zeitgleich auf unseren neuen Grill. Es hat schon ein bisschen länger gedauert, bis wir alle satt waren.

Tristan und Edda waren zwischendurch immer wieder auf dem Spielplatz oder in einem Nachbarvorzelt verschwunden. Aber ich machte mir keine Sorgen. Wenn die Vererbungslehre nicht eine völlig an den Haaren herbeigezogene Wissenschaft ist, dann würden die beiden in relativ kurzen Abständen immer wieder nach Hause kommen, zumindest, wenn wir grillten!

Bei Tristan waren die Abstände kürzer. Edda war ja auch vollauf beschäftigt. Die neue Freundin hieß Mareike, und – auch wenn der Vorname etwas anderes vermuten ließ – sie kam aus Oberhausen.

Wir saßen mit Ulla und Ralf zwischen unserem Vorzelt und dem neuen Windschutz. Im Grill war nur noch ein bisschen Glut zu erahnen, als Ralf sagte: »Zehn Uhr!«

Ralf trug keine Armbanduhr. »Wenn der Tisch draußen feucht wird, ist es zehn Uhr abends. Fast immer!« Tatsächlich, auf dem Tisch hatten sich kleine – wie soll man das nennen? – Tautröpfchen gebildet. »Das ist hier immer so. Wenn man sich so einen Pavillon hinstellt, kann man noch ein bisschen länger draußen sitzen, nur wenn der nächste Windstoß kommt, kann man sich gleich einen neuen Pavillon kaufen. Man kann aber genauso gut reingehen!«

Es war ein angenehmer Besuch, und ich hatte wirklich was gelernt!

Tristan schlief oben, und Edda schlief unten. Es war fast halb elf, als wir die beiden endlich mit geputzten Zähnen und gewaschenen Gesichtern im Bett hatten.

Wir haben draußen noch ein bisschen aufgeräumt. Ich habe noch kurz bei Norbert vorbeigeschaut, der Dynamo lief jetzt wieder, er hatte auf dem Metallmüll einen Chromabschluss für den Kettenkasten gefunden, der passte zwar nicht ganz, aber der würde passend gemacht. Nur die Vorderradbremse tat es einfach nicht. Dabei war das Gestänge komplett und das Rad mit der Trommelbremse nagelneu. Ein Rätsel, aber er würde es lösen.

Anne wollte unbedingt noch zur *Wasserette*, um die Teller direkt abzuspülen. Als sie zurückkam, blieb sie noch – mit der Spülschüssel unterm Arm – bei Ulla stehen.

»Die machen hier auf unserem Feld am Samstag ein Barbecue. Da stellen alle ihren Tisch und die Stühle in die Mitte und die Grills zusammen, und dann gibt es eine Party. Ulla wollte wissen, ob wir am Samstag schon was vorhaben.« – »Ich habe keinen Kalender dabei!«

»Wenn wir noch mal so einen Urlaub machen, dann bringe ich meinen Wein auch von zu Hause mit!« Der Gedanke ließ mich nicht los. Vor meinem geistigen Auge saß ich mit dem neuen Grass und einem Château Mouton Rothschild vor dem Vorzelt in einem Klapp-Ohrensessel.

»Was heißt ›Wenn wir noch mal so einen Urlaub machen…‹!« – »Sollen wir nicht lieber mal darüber nachdenken, was wir in diesem Urlaub machen? Es ist eine lange Sommernacht, unser Wohnwagen verfügt über ein französisches Bett…!«

Als wir unser fahrbares Schlafzimmer bestiegen,

schliefen die beiden Mäuse tief und fest. Sie lächelten sogar noch im Schlaf. Man konnte in den kleinen Gesichtern lesen, dass sie einen ganz tollen Tag gehabt hatten.

Es war ein herrliches Bild, wie sie da in unserem französischen Bett lagen. Wir haben uns dann dazwischen gekrümelt. Anne gab mir den Gutenachtkuss irgendwie über Tristan hinweg. Es war eine gymnastische Glanzleistung, ihn dabei nicht zu wecken.

Ich kann selbst Anne überraschen

Die Sonne warf ihr warmes Licht über unser französisches Bett. Dieser schöne Morgen wollte überhaupt nicht zu dem Knacken passen, das ich in fast sämtlichen Gliedern spürte, nachdem ich ein Glucksen in der Ohrmuschel vernommen hatte: »Papa, bist du schon wach?« Meine Ohren gaben diesen Satz ungefähr zu der Zeit an das Gehirn weiter, als kleine Finger versuchten, mir die Augenlider anzulupfen.

»Nein, ich schlafe tief und fest!« Es war sicher besser, diesen Tag sofort zu beginnen, als zu riskieren, dass mir auch die anderen Wimpern noch ausgerissen wurden. Umständlich wand ich mich aus dem Bett, ich nahm die Kaffeekanne aus der Maschine und wollte Wasser einlaufen lassen, doch aus dem Wasserhahn kam kein Wasser, sondern nur noch ein leichtes Röcheln. Tank leer.

Das musste doch einfach ein fantastischer Tag werden, wenn er mit Wasserholen anfing. Ich entnahm den Kanister und wollte mich gerade auf den Weg zur *Wasserette* machen, als mich ein fröhliches »Guten Morgen!« seitlich streifte.

Hilde lag auf einer Isomatte, und ich war mir sicher, ich hatte diese Übungen schon mal irgendwo gesehen. Richtig: Schwangerschaftsgymnastik. Es war zwar einige Jahre her, seitdem auch ich mich mit

Anne in der Hechelgruppe auf Tristans Geburt vorbereitet hatte, aber an die Isomatte und an die Atemgeräusche, die einen unwillkürlich an einen brünftigen Seelöwen denken lassen, konnte ich mich noch gut erinnern.

»Morgen, Hilde, schon so aktiv?« – »Ja, ich glänze zwar im Moment nicht gerade mit einer Bikinifigur, aber ich werde alles dafür tun, dass ich sie nach der Geburt schnell wieder habe. Und du? Wasser alle?« – »Ja, und wenn ich morgens keinen Kaffee kriege, fehlt mir eine notwendige Voraussetzung für das Gelingen des ganzen Tages!«

»Dann setz dich doch! Ich bin mit meinen Übungen fertig, und der Kaffee ist gerade durchgelaufen.«

Vielleicht war ich einfach nur vorschnell, oder die Alufelgen am Wohnwagen hatten mich geblendet. Vielleicht war Hilde einfach eine nette Person, die nur ein paar Probleme mit dem Campingurlaub hatte, und die hatte Anne schließlich auch! Ich bin schließlich nicht so ein simpler Charakter, der auf den ersten dummen Blick eine Antipathie wahrnimmt und dann einfach nicht bereit ist, seine Meinung zu ändern.

Wir saßen an ihrem Tisch, die schöne Tischdecke hatte sie mit Beschwerern in der Form von kleinen Zitronen am Wegfliegen gehindert, die *Cosmopolitan* hatte die Schlagzeile »Sex im Urlaub, zehn Tipps, damit der Sommer richtig heiß wird!«, die neuen Gazelle-Fahrräder standen in einem glänzenden *Het-Doemarkt*-Fahrradständer, und ich musterte Hilde – hoffentlich – so, dass sie nicht auf unverhohlenes Interesse schließen würde.

Sie war sicher eine gut aussehende Person, groß, braune, an diesem frühen Morgen schon perfekt geschminkte Augen und dunkle Haare, relativ kurz, geschnitten von einem Friseur, der seinen Job beherrschte. Ich glaube, sie ging mit ihrer Haut und ihren Haaren bei weitem disziplinierter um als Anne und ich zusammen. Hilde kochte einen guten Kaffee, für meinen Geschmack vielleicht ein bisschen zu stark, aber meiner ist auch betont schlapp, weil ich es an einem guten Vormittag locker auf zehn bis zwölf Tassen bringe.

»Heinrich ist mit beiden Kindern zum Laufen an den Strand! Und jetzt genieße ich diese Stunde, die ich einfach nur für mich habe. Wenn Heinrich von der Arbeit kommt, drücke ich ihm auch als Erstes die Kinder in den Arm. Das ist die Papa-Stunde, wir wollten die Kinder schließlich beide!«

Da konnte ich natürlich auch Erfahrungen beisteuern: »Ich finde ja den Campingurlaub auch deswegen so toll, weil die Kinder sich hier selbstständig machen, weil jeder so ein bisschen seinen eigenen Urlaub haben kann.«

»Unsere beiden sind schon ziemlich selbstständig, im Robinson Club konnte man sie um neun Uhr im Kinderclub abgeben, und wenn wir sie abends abgeholt haben, dann waren alle beide richtig enttäuscht!«

Anne kam ziemlich verschlafen aus dem Vorzelt und schloss ihre Lokomotief auf. Ich sah etwas in ihrem Blick. Das war selten, und das machte mir richtig Spaß. Sie war tatsächlich überrascht, als sie mich mit

Hilde beim Kaffee sitzen sah. Anne und überrascht, ein schönes Gefühl.

»Ich hole Brötchen, kann ich dir was mitbringen, Hilde?« – »Ja, zwei Milchbrötchen, zwei Croissants und vier runde!« Und dann zu mir gewandt: »Jetzt habe ich schon den Kaffee gekocht, aber dass heute wenigstens die Brötchen gebracht werden, das ist doch Urlaub!«

Es war sicherlich nur ein Scherz, ich lachte auch, aber trotzdem setzte sich in mein Kleinhirn neben die Frage »Warum will diese Frau so viele Kinder?« noch der Gedanke: »Mein erster Eindruck hat mich nicht getäuscht. Du bist doch eine dumme Kuh!«

Der Streichelzoo

Edda hatte ein kleines rothaariges Mädchen kennen gelernt, die Melanie aus Grevenbroich. »... und, Papa, die Melanie hat gesagt, um acht Uhr morgens und um acht Uhr abends füttert Wilhelma die Tiere!«

Anne und ich sahen uns an. »Das Mädchen kann gar nicht aus Grevenbroich kommen, die Wilhelma ist der Zoo in Stuttgart!« – »Vielleicht wohnen Oma und Opa in Stuttgart? Ich bin auch immer mit meinem Opa in den Zoo gegangen!«

»Papa, beeil dich, Melanie hat gesagt, es geht gleich los!«

Wir waren beide scheinbar noch nicht lange genug auf *De Grevelinge*! Wilhelma war die Mutter von Wim, und um acht Uhr morgens und um acht Uhr abends fütterte sie die Tiere im Streichelzoo. Aber das machte sie nicht allein!

Mindestens siebenundzwanzig Kinder halfen, die mindestens siebenundzwanzig Tiere zu füttern. Das Erstaunliche dabei war, dass die siebenundzwanzig Tiere es durchaus zu genießen schienen. Unser ganz großes Manko an diesem Tag war, dass wir die Gepflogenheiten des Streichelzoos beim Frühstück noch nicht kannten, sonst hätten wir zwei Brötchen mehr gekauft. Unser Brötchenbestand war von den Familienmitgliedern ratzeputz vertilgt worden.

Edda war gar nicht erbaut davon, dass sie jetzt keine überzähligen Brötchen hatte, um das Hängebauchschwein, die kleinen Ziegen, die Kaninchen, die Meerschweinchen und die beiden Ponys damit vor dem sicheren Hungertod zu retten.

Ich konnte mir Wilhelma sehr gut in einer holländischen Frau-Antje-Tracht vorstellen. Sie hatte damals den Campingplatz mit aufgebaut, jetzt hatte sie ihn an den Sohn übergeben und genoss ihren wohlverdienten Ruhestand.

Normalerweise!

Nur um acht Uhr morgens und um acht Uhr abends, da betreute sie die Tiere, aber eben auch die Kinder. Sie sorgte schon dafür, dass jedes Kind etwas zum Verfüttern hatte, und sie erklärte Edda und Tristan, dass Antje wohl bald werfen werde.

Es ist nicht einfach mit den ganzen holländischen Mädchennamen, aber selbst ich hatte relativ bald verstanden, dass diese Antje jetzt nicht etwa eine Verwandte von Wilhelma war, sondern die Hängebauchschweinfrau, und auch Tristan hatte schnell kapiert, dass es wohl bald Babys geben würde. Aber warum diese Babys geworfen wurden, wohin so ein Hängebauchschwein seine Babys wirft, wie weit und wie hoch, das waren schon Fragen, die noch ausdiskutiert werden mussten.

Die Meerschweinchen wollten sich einfach nicht zeigen, die fanden ihre Behausung wohl gemütlicher als das Fütterungsstadion. Ganz anders die Zwergziegen, und Zwergziegen sind schon was Niedliches. Ich dachte tatsächlich darüber nach, ob sich nicht zwei oder drei davon gut in unserem Reihenhausgarten machen würden.

Ich war mir sicher, dass es ein toller Abend war, bestimmt ein besonderes Urlaubshighlight für die Kinder. Das genau waren meine Gedanken, als Tristan beim Füttern und Streicheln von genau so einem kleinen Ziegenbock gebissen wurde. Er wurde so stark gebissen, dass ein Zahnabdruck nicht wirklich zu sehen war. Aber für ihn stand auf jeden Fall fest, dass er nie, nie wieder zu diesen Bestien ins Gehege gehen würde.

»Na gut, dann gehen wir halt nicht mehr zum Streichelzoo!«

Edda hatte da ganz andere Pläne. Sie wollte gar nicht mehr nach Hause, um die Geburt von Antjes Baby nicht zu verpassen.

»Nee, jetzt ist aber Schluss, ihr müsst langsam ins Bett, morgen ist auch noch ein Tag!«

Ich weiß nicht, warum kleine Mädchen den Zwang verspüren, sich hinzuwerfen und mit den kleinen Fäusten auf den Boden zu trommeln, um Eltern davon zu überzeugen, komplette Tagesabläufe umzuschmeißen. Sie tun es einfach! Und sie bleiben da einfach liegen.

»Edda, wir gehen jetzt nach Hause!« Keine Reaktion. »Wir kommen morgen früh sofort wieder hierher. Das dauert bestimmt noch, bis die Hängebauchschweinbabys kommen!« Keine Reaktion.

Man kennt das ja aus Supermärkten, Kleinkinder, die den gewünschten Schokoriegel nicht kriegen, können die Schlange an der Kasse ungefähr genauso lange aufhalten wie die Kassiererin, die immer vor mir die Rolle wechseln muss.

Das schönste Beispiel hatte ich mal in Köln-Rodenkirchen vor einem Spielwarengeschäft erlebt. Die Großmutter stand schon seit geraumer Zeit vor dem Schaufenster neben ihrer kleinen Enkelin, die fasziniert die neue Baby-Born-Bekleidungs-Kollektion bestaunte. Irgendwann wurde es der alten Dame dann zu viel, und sie sagte: »Komm, wir gehen jetzt!« – »Die Oma geht jetzt!« – »Die Oma geht jetzt ganz bestimmt!« Die Oma ging dann wirklich, sagen wir mal zehn Meter, und dann fiel der entscheidende Satz: »Sorayaschen, kumm bei de Omma!«

Was hatte ich mich damals amüsiert. Ich lachte noch, als ich schon zu Hause mit Anne Kaffee trinkend am Küchentisch saß.

Jetzt war ich die Oma, »dat Sorayaschen« hieß Edda, und ich hatte nichts mehr zu lachen. Mir blieb einfach keine Alternative.

Ich machte von meiner körperlichen Überlegenheit Gebrauch, klemmte mir das laut protestierende Töchterlein unter den Arm und machte mich so auf den Weg, quer über den ganzen Campingplatz, zu unserem Stellplatz.

Die Wege auf dem Campingplatz waren um diese Uhrzeit gut frequentiert. Mancher ging zum Waschhäuschen, ein anderer kehrte mit dem Kulturbeutel unterm Arm gerade zurück. In Edus Kantine war an diesem Abend bestimmt wieder Bingo oder Tischfußball oder Origami für Anfänger. Viele gingen auch mal einfach »so um den Pudding«, um zu gucken, welche Eltern gerade Schwierigkeiten mit ihren Kindern hatten.

Zumindest kam es mir so vor, dass alle nur darauf gewartet hatten, den Machtkampf eines hilflosen Vaters mit seiner heftigst protestierenden Unterarmtasche zu beobachten.

Ich hatte ehrlich nicht geglaubt, dass wir die beiden an dem Abend einigermaßen zeitig ins Bett kriegen würden. Aber wie erklärt man sich selber am liebsten die völlig renitenten Nachkommen? Man sagt sich, die sind einfach müde. Das waren sie wohl auch.

Keine zwanzig Minuten später saßen Anne und ich vor dem Vorzelt, und es drang nicht einmal der sprichwörtliche Mucks aus dem Wohnwagen.

Wir hatten uns ein Glas Weißwein eingeschenkt, und wir genossen die Ruhe. Die Vögel, die im Gebüsch vor der Gracht umherhüpften, der Wind, der in den Pappeln spielte, das Leuchten des Glühwürmchenmännchens auf der Suche nach einer Partnerin, alles das konnte man nur hören, weil man sonst nichts hören konnte.

Eine solche Ruhe hat durchaus etwas Magisches. Ich schloss die Augen, denn ich wollte etwas ganz besonders Schönes zu Anne sagen. Ich öffnete den Mund, doch noch bevor ich etwas sagen konnte, hörte ich schon die Worte. Es waren nicht meine Worte, und es war nicht meine Stimme.

Es war Hilde Fritzen-Büsinger, die sich arglistig im Schatten des Windschutzes angeschlichen hatte: »Dieses Verhalten hatte Benedikt früher auch. Deshalb habe ich mal an einem Workshop teilgenommen. Durch zu viel Aufmerksamkeit zwingen Eltern die Kinder quasi dazu, noch mehr Aufmerksamkeit zu verlangen. Ich habe...!«

Ich ging in den Wohnwagen und holte mein Portemonnaie. »Was hast du vor?« – »Ich gehe in Edus Kantine Bingo spielen!«

Hilde war besser über das Animationsprogramm informiert: »Bingo ist doch immer donnerstags, heute ist Caribbean Night!«

»Dann gehe ich eben Limbo tanzen!«

Das Mosselen-Fest

Ich habe ja die grundlegenden Unterschiede zwischen holländischen und deutschen Campingplätzen bereits erklärt. Aber es reicht nicht aus, auf einem holländischen Campingplatz zu stehen, es müssen auch genügend Holländer da sein. Auf unserem Teilstück von *De Grevelinge* waren es Rinus und Ans, Jan und Wilma, Ben und Rietje.

Ben war ungefähr das genaue Gegenteil von Rudi Carrell, aber er war einfach so, wie man sich einen typischen Holländer vorstellt, wenn man Rudi Carrell nicht kennt. Er hatte einen mächtigen Bauch, einen mächtigen Rauschebart und eine Lache, wie man sie sonst nur von einem Seebär kennt, der Jahrzehnte am Ruder seines Fischkutters zugebracht hatte, oder vom Nikolaus.

Auf *De Grevelinge* wurde man morgens nicht vom Hahn, sondern vom tiefen, kehligen Lachen von Ben geweckt. Lassen Sie es mich so sagen. Wer Ben kennt, weiß: Der Käptn Iglo in der Werbung ist eine krasse Fehlbesetzung. Ben hatte die Idee, wir sollten ein *Mosselen*-Fest feiern.

Jan van de Krabben hieß nicht nur so, er war im Privatleben tatsächlich Koch und wohnte mit seiner Frau Wilma rechts neben uns. Er erzählte mir, Wilma habe einen sehr wichtigen Job und hundert Leute unter sich. Ich habe mich extra erkundigt. Sie arbeitete nicht bei der Friedhofsverwaltung.

Ich weiß nicht, was Jan als Koch so kochte, aber eines weiß ich: *Mosselen* kochen, das konnte er!

Aber vor den Genuss hat der liebe Gott das *Mosselen plukken* gesetzt. Die Miesmuscheln wachsen an den Wellenbrechern, an den großen Holzbarrieren, die vom Strand aus wie lange schwarze Finger ins Meer zeigen.

Zunächst mal müssen sämtliche Kalender studiert werden. Die besten Muscheln pflückt man Anfang September, vorher sind sie zu klein. Die dazu benötigte Information geht schon mal aus dem normalen Kalender hervor. Zusätzlich muss man aber den Gezeitenkalender zurate ziehen, denn es sollte schon Ebbe sein! Auch bei Niedrigwasser wachsen die Muscheln dummerweise sehr weit unten an den Pfählen, aber bei Flut noch viel weiter unten, abgesehen davon wird man bei Flut von den Wellen immer wieder gern gegen deren Brecher geschubst.

Mit ein bisschen Glück kann man sie mit weit nach unten gestrecktem Arm abpflücken, ohne den Kopf unter Wasser bringen zu müssen. Aber wann hat man schon mal Glück, meistens muss man schon ein bisschen tauchen. Ben hat mir erzählt, einmal war beim *Mosselen plukken* die Strömung so fies, da wurden die Taucher angeseilt. Ralf war so heftig gegen die muschelbewachsenen Poller gedrückt worden, dass sein neuer Neoprenanzug hinterher regelrecht zerfetzt war. Ich fragte mich, warum Ralf beim Camping einen Neoprenanzug dabeihatte, so schlecht ist das Wetter in Holland nun auch wieder nicht.

Es muss damals wirklich schlimm gewesen sein, denn er sagte, sie hatten an diesem Tag nur die *Duitsers* losgeschickt. Klar, Deutsche gibt es so viele, da kann man auf den einen oder anderen schon mal verzichten.

An unserem *Mosselen-Plukk*-Tag lag die Nordsee still und fast wellenlos vor uns, die perfekte Voraussetzung. Als *Mosselen*-Zwischenlager führten wir eine babyblaue Plastikbadewanne mit, sodass die erbeuteten Miesmuscheln sofort in dieses Behältnis abgeliefert werden konnten.

Vier oder fünf Krebse erbeuteten wir sozusagen als Kollateralfang. Ich wollte gerade einen wieder ins Wasser zurückwerfen, da protestierte Jan: »Die sind besonders köstlich!«

Wir schleppten die Plastikbadewanne an den Strand, und jetzt kamen die Taschenmesser zum Einsatz. Die *witte Puntjes* mussten entfernt werden. *Witte Puntjes*! Wenn Sie jemals an der Nordsee Muscheln gesammelt haben, dann haben Sie auch auf den Miesmuscheln diese weißen Pocken gesehen. Als kleiner, dicker Junge hatte ich mir immer vorgestellt, die Muschelschale wäre eine vulkanische Insel und viele weiße Krater ragten auf ihr in den Himmel.

Wir knieten mit sechs Männern im Kreis über einem großen Haufen Muscheln am Strand, aber es war kein normaler Strand. Was wir nicht wussten, Quatsch, natürlich wussten wir es, wir hatten es verdrängt, oder wir hatten einfach nicht mehr daran gedacht: Die besten und vor allem die meisten Muscheln gab es natürlich genau an dem Wellenbrecher, der vom Nacktbadestrand aus seinen Finger ins Meer streckte.

Für die – im wahrsten Sinne des Wortes – umliegenden Sonnenanbeter mussten wir natürlich ausgesehen haben wie eine Voodoo-Horde, wie wir da im Kreis hockten und einem Haufen Miesmuscheln huldigten. Es bildeten sich mehrere Kringel von Schaulustigen. »Wat zijn jullie aan het doen?« Als ich meinen Blick nach links oben richtete, sah ich in eine Wand von nackten Leibern.

»Was macht ihr da?« – »Nun wir machen die Muscheln sauber.« – »Warum?« – »Weil wir die gleich essen werden!«

Unsere Erklärung musste die schaulustigen Nackten sehr amüsiert haben. Sie lachten, dass nicht nur die Bäuche wackelten. Aber ihre Neugier war scheinbar befriedigt. Sie wandten sich einer nach dem anderen ab und wurden wieder zu »umliegenden« Sonnenanbetern.

Rinus konnte sich auf dem Heimweg überhaupt nicht mehr einkriegen vor Lachen. Auch Jan und Ben überfielen nach einer kurzen Erklärung Heiterkeitsausbrüche. Es musste ein guter Spruch nach dem nächsten gefallen sein, nur: Ich verstehe zwar eine Speisekarte auf Holländisch, aber keine Witze. »Was gibt es Lustiges? Wir wollen auch lachen!«

Sie wollten partout nicht damit rausrücken, sie wollten nur lachen, doch schließlich hatte ich Jan doch davon überzeugt: Wenn wir schon die *Mosselen* teilen, dann teilen wir auch die Witze!

»Also, als ich so im Sand kniete und dann von hinten angesprochen wurde, da habe ich mich umgedreht, und da habe ich *Mosselen* gesehen, kleine, große, junge, alte…!«

Als wir den Campingplatz erreichten, hatten sich die drei immer noch nicht beruhigt.

Zurück auf unserem Feld, waren schon zwei Campingtische mit vielen Schüsseln beladen worden. Annes griechischer Salat konkurrierte mit dem Nudelsalat von Wilma, Ullas Spezialität war ein Zaziki mit Gurken, das jede Tandem-Achse in der folgenden Nacht überflüssig machte. Josie hatte Pudding gekocht – richtig wie früher mit Haut drauf. Ob das jetzt alles so richtig zu Muscheln passte, wusste ich nicht. Aber es war mir auch ziemlich egal.

Unsere Windschutze waren zu einem Irrgarten aus Baumwollstoff umfunktioniert worden, den kein einziger Windhauch hätte durchdringen können. In der Mitte stand ein Doppelgaskocher, und darauf thronte Jans Kasserolle.

Er hat mir das Rezept anvertraut. Ich weiß nicht genau, ob ihn zwei bis drei *Genever* dazu verführten, seine Berufsehre zu verraten! Wahrscheinlich würde er es mir immer wieder aufschreiben, sei es, weil ich so ein netter Kerl bin oder weil der Holländer als solcher, was Muscheln angeht, auch eine Mission zu erfüllen hat.

Also: Zunächst muss man die Muscheln zwei Stunden mit klarem Wasser spülen, damit man nicht auf zu vielen Sandkörnern rumbeißt. Dann werden Wasser und trockener Weißwein in den Topf gefüllt – übrigens weniger Wasser als Weißwein –, außer Muscheln gibt man noch Zwiebeln, Sellerie, Knoblauch, Porree, Möhren, weißen Pfeffer aus der Mühle und Salz dazu, und lässt alles nur sieben bis acht Minuten kochen. Wenn sich die Muscheln öffnen, sind sie gut!

Man serviert die Köstlichkeit mit *Stokbrood*. Wenn Sie zu Hause keinen *Warmen Bakker* haben, also wenn Ihr Bäcker zu Hause *Stokbrood* nicht versteht, sagen sie einfach Baguette. Es ist nicht das Gleiche, aber es kommt dem schon ziemlich nahe.

Halt, bevor ich es vergesse! Vier Krebse waren noch mit im Topf. Jan erklärte uns genau, wie man sie isst. Auf *De Grevelinge* konnte man Rasenmäher leihen oder Fahrräder, aber ein Hummerbesteck?

Hilde war im büsingerschen Haushalt für sämtliche handwerklichen Arbeiten zuständig. Und Hilde war es, die die entscheidende Idee hatte. Kein Campinghaushalt verfügt über das notwendige Instrumentarium, um Meeresschalentiere zu öffnen, aber jeder nennt eine Rohrzange sein Eigen.

Das Bild, wie wir versucht haben, die Krebse mit der Rohrzange zu öffnen, möchte ich hier nicht näher beschreiben, ich erzähle lieber noch etwas über die *Genever*-Diskussion, die nach dem Essen entbrannte.

War nun der *Jonge Genever* oder der *Oude Genever* der adäquate Digestif nach einem Muschelfestmahl? Der *Jonge Genever* ist klar, nur einmal destilliert, er hat so fünfunddreißig Umdrehungen, und er wird eiskalt serviert. Der *Oude Genever* ist gelblich braun, etwas stärker und zweimal destilliert. Die in unserer Degustation befindliche Spirituose hatte schon sieben Jahre Lagerung auf dem Buckel, bevor sie nun unser Muschelfest abrunden sollte.

Ich sah die Möglichkeit, meine bei westfälischen Schützenfesten erworbenen *Genever*-Kenntnisse einzubringen:

»Aber es gibt doch auch noch den roten, den *Bessen Genever*!« Ich wurde aufgeklärt, dass das gar kein richtiger *Genever* ist, der hat nur 17 Vol% und ist eher was für das *Vrouwvolk*, also Weiberkram.

Es blieb also bei *oud* gegen *jong*. *Oude* oder *Jonge Genever*, das war wie Mercedes gegen BMW, das war wie Bayern gegen 60, da ging es um Weltanschauungen. Jeder wollte mich von seinem Hochprozentigen überzeugen, und ich konnte mir nicht einfach so eine Meinung bilden, ich musste als Außenstehender sehr diplomatisch vorgehen; ich probierte sie einige Male gegeneinander, wie oft genau, das entzieht sich dummerweise im Nachhinein meiner Erinnerung.

Ich glaube weiterhin, dass mir von den vielen Muscheln schlecht geworden ist, aber Anne ist felsenfest davon überzeugt, ich war hinterher einfach nur sternhagelvoll.

Das Waschhäuschen und die eiskalte Berechnung

Die Qualität eines Campingplatzes bemisst sich nicht nach der Anzahl an Leihrasenmähern oder der Verfügbarkeit von deutschen Tageszeitungen im Supermarkt. Es geht schlicht und ergreifend darum, ob man sich wohl fühlen kann. Und für das Wohlfühlen gibt es, wie die Mathematiker sagen, eine notwendige, wenn auch nicht hinreichende Voraussetzung. Die Waschhäuschen müssen erstens vorhanden, zweitens sauber und drittens nicht überfüllt sein.

Man kann es nicht anders sagen: Wir hatten Glück. Es gab vier Waschhäuschen auf *De Grevelinge*. Jedes war ausgerüstet mit zehn Duschen, in die man keine Marken einwerfen musste, zehn Toiletten, die zum Glück in einem separaten Raum untergebracht waren, und zehn Waschbecken mit Spiegel und Stromanschluss für Rasierer und Föhn.

Draußen am Haus waren die Entsorgungsstationen für das Porta-Potty. (Dem Werbemanager, der sich diese Bezeichnung für ein Chemieklo ausgedacht hat, wünsche ich übrigens das gleiche Schicksal wie demjenigen, der seinerzeit den Spruch »Es gibt kein schlechtes Wetter, es gibt nur falsche Kleidung!« kreierte!)

Nachdem ich diese Chemietoilette zweimal in der Entsorgungsstation entsorgt hatte, gab es in unserem Wohnwagen übrigens ein fast striktes Benutzungsverbot. O.K., nachts durften Edda und Tristan da Pipi machen, aber das war es auch schon. Unser Waschhäuschen lag schließlich nur hundert Meter entfernt.

Draußen gab es auch eine Spülmöglichkeit, zwölf Waschbecken mit großen Ablagen für Teller, Töpfe und Besteck.

»Waschhäuschen« klingt ziemlich blöd, aber was bleibt mir anderes übrig, »Toilettenhäuschen« klingt halt noch blöder. Das sah Wim übrigens ganz genauso. Er hat über alle seine Waschhäuschen ein schönes Schild gehängt: *Wasserette!*

Wasserette, das klingt! Das hat etwas Französisches, das hört sich nach einem Mineralwasser aus den Vogesen an. *Wasserette*. »Wollen wir uns heute nach dem Golf an der *Wasserette* treffen?«

Doch, irgendwann muss ich Wim zu dieser Namensgebung gratulieren. Ich wäre auf diesen Ausdruck nie gekommen. Ich bin halt kein Holländer. Deutsche haben einfach Probleme mit dem Toilettenhäuschen.

Wir saßen gerade am Frühstückstisch vor dem Vorzelt, als ich in der Zeitung las, dass die Deutsche Bahn die Bahnhofsklos umbenennen wollte. Die guten Stuben des deutschen Nahverkehrs sollten fortan »Reisefrische« heißen. Reisefrische!

»Weil dieses Wort Erinnerungen an die Sommerfrische, an Urlaub und Natur weckt und überhaupt nicht mehr nach Toilettendüften riecht, wollen Marketing-Strategen den deutschen Bahnhöfen ein neues Vokabular verordnen«, stand da. Statt der Kioske sollte es künftig »Convenience-Bereiche«, statt der Kramlädchen »Trendshops« geben.

Also so eine tolle Idee! »Reisefrische« müsste ich nie benutzen. Ich stellte mir vor, wie ich leicht gebeugt, mit verzerrtem Gesicht über den Bahnsteig haste und das Bahnhofsklo suche, und dann sehe ich ein Schild mit Blümchen drauf, und da steht in lila Schreibschrift gedruckt: »Reisefrische«. Ich müsste gar nicht mehr hingehen! Wenn ich das lesen würde, hätte ich mich schon bepisst vor Lachen.

Da steckt so viel Poesie drin. Und die Bahnhofskneipe heißt dann »Reisefrische-Nachfüllpack«. Der Pariser-Automat heißt dann »Storchentod« und die Bahnhofshalle »Penners Paradise«. Sorry!

Wasserette! Wim würde sich als Marketing-Stratege in Deutschland eine goldene Nase verdienen.

Die Waschhäuschen, das war im Vorfeld unserer Campingpremiere mein größtes Problem. Ich war mir eigentlich sicher, dass Anne irgendwann nach drei Tagen mit dem Kulturbeutel unterm Arm (dem Erfinder des Ausdrucks »Kulturbeutel« wünsche ich übrigens...) mit resolutem Blick vor mir stehen würde: »Pack die Koffer, wir fahren nach Hause!« Schon falsch! Sie hätte gesagt: »Geh mit den Kindern an den Strand. *Ich* pack die Koffer, wir fahren nach Hause!«

Wenn man in dem Moment, wenn die komplette Campingplatzbelegung vom Strand kam, sofort duschen wollte, konnte es Probleme geben. Dann musste man anstehen, und wenn man endlich die Duschkabine betrat, dann fühlte sich das zwar an den Füßen nicht genauso an wie an der Stelle, an der die Wellen immer wieder den Sandstrand überfluteten, aber es kam dem schon sehr nahe!

Andererseits war es plötzlich überhaupt kein Problem mehr, die Kinder vom Waschen und Zähneputzen zu überzeugen. Scheinbar macht es viel mehr Spaß, wenn noch sieben oder acht andere Kinder dabei sind. Zu Hause wurden alle Tricks angewendet, um diese Prozedur zu umgehen. Im Urlaub haben alle beide darauf bestanden.

Anne und ich hatten unsere feste Duschzeit eiskalt berechnet: nach zweiundzwanzig Uhr. Dann lagen die Mäuse selig schlummernd in ihren (hoffentlich eigenen!) Betten. Einer von uns beiden saß im Vorzelt, der andere ging duschen. Aber die schlafenden Kinder waren nicht der einzige Grund. Denn viermal am Tag wurden die *Wasseretten* geputzt, und eine dieser Putzzeiten war eben zweiundzwanzig Uhr.

Die bereits erwähnte Spüleinheit vor den *Wasseretten* diente nicht nur der Geschirr- und Besteckreinigung, sie war auch eine Art menschliche Litfaßsäule.

Egal, wer gerade Spüldienst hatte, derjenige kam immer mit irgendeiner spannenden Neuigkeit zurück zum Stellplatz.

Morgen kommt ein Zirkus auf den Platz. – Donnerstags ist Markt in Noordkapelle. – In der *Imkerij* in Poppendamme gibt es tollen Honig und Führungen, bei denen den Kindern erklärt wird, wie der Honig entsteht. – Wir sollten mal im *Bukkanaer* in Vrouwenpolder essen gehen. – Kinder bis vierzehn Jahren dürfen an jedem Gewässer in Holland ohne Angelschein angeln.

Mit der Zeit bedurfte es gar keiner Diskussion mehr, wer spülen ging. Der eine nahm sich die Spülschüssel und dackelte los, der andere war fast enttäuscht, dass er nicht vorher auf diese Idee gekommen war.

War es der fünfte oder der sechste Tag unseres Urlaubs? Moment, das kann ich nachvollziehen. Edda hatte uns an dem Tag ihre neue Freundin Vanessa vorgestellt, davor waren es Nes, Sabrina, Mareike und Melanie. Anne erfuhr es also beim Spülen am Abend des sechsten Tages: »Auf den 400er-Plätzen (das sind die Stellplätze, wo die Wohnwagen das ganze Jahr stehen bleiben können) werden Pavillons gebaut. Da kriegt jeder seine eigene Dusche und Toilette! Einer von diesen Pavillons steht schon, und man kann ihn besichtigen!«

Eine Sensation! »Jan Ulrich führt bei der Tour de France«, »Dieter Bohlen beim Sex im Teppichladen erwischt!«, »Niki Lauda verliebt bis über beide Ohren!« Ich weiß nicht mehr, welche Sensationen uns die Presse in diesem Urlaub verkaufte, aber die wahre Sensation war: »*De Grevelinge* baut Pavillons mit Dusche und Toilette für jeden Ganzjahrescamper!« Ich kann mir bis heute nicht erklären, warum das in keiner Tageszeitung stand!

An diesem Abend unternahmen wir unseren Spaziergang zu den 400er-Plätzen. Norbert wollte nicht mit, an dem Tag war sein Pedal geliefert worden, und die Impala nahm langsam Formen an. Die Kette musste noch gespannt werden. Und er war weiterhin jeden Tag am Metallmüll, denn was ihm jetzt noch fehlte, war ein Gepäckträger.

Auf den 400er-Plätzen war alles noch ein bisschen großzügiger. Hundertzwanzig Quadratmeter pro Stellplatz, das war nun wirklich Luxus. Und da stand er, der erste Pavillon. Der Andrang war gar nicht so groß wie erwartet. Wim und seine Frau erklärten allen Interessenten, wie die Pavillons aufgebaut waren.

Es gab eine Dusche mit einem kleinen Vorhang, ein Waschbecken in einer Art Küchenarbeitsplatte, eine Toilette, dazu die Gastherme, den Stromanschluss und (tätätätää!) einen Antennenanschluss!

Achtung, jetzt kommt das Wichtigste: Es gab einen Schlüssel! Diese Toilette, diese Dusche gehörten nur zu diesem einen Wohnwagen!

Auf dem Rückweg begegneten wir Heinrich und Hilde. »Na, habt ihr euch das Wunderwerk der Infrastruktur angeschaut?« – »Ja, das ist schon spannend, Dusche, Toilette, Waschbecken, alles in privater Hand, aber… Hilde! Ein Brötchenbringservice ist in dieser Servicewüste immer noch nicht vorgesehen!«

Hilde lachte, Heinrich lachte, ich lachte, Anne lachte und kniff mir in die Seite: »Du fällst auf!« – »Glaub ich nicht!«

Wir saßen im Vorzelt, die Kinder schliefen, Schulenkämpers waren vorbeigekommen. So etwas musste schließlich diskutiert werden.

Die Ergebnisse des Abends waren:
1. So eine eigene Toilette war schon was Tolles!
2. Die eigene Dusche konnte was richtig Tolles sein, vor allem, wenn man keine Tandem-Achse hatte, aber dafür war die Dusche eigentlich zu klein.

3. Man konnte so ein eigenes Häuschen natürlich sehr individuell einrichten. Jutta hatte in Middelburg schon Duschvorhänge gesehen, also die waren wirklich schön, und wenn man zwei kaufte und einen abschnitt, dann konnte man einen Vorhang unter der Arbeitsplatte basteln...

4. Ein Ganzjahresstellplatz kostete tausendachthundert Euro, dabei musste man allerdings berücksichtigen, der Winterstellplatz beim Bauern kostete auch zweihundert!

5. Grimbergen aus der Flasche entweihte das *Zeerover*-Erlebnis nicht!

6. Detlef und ich verabredeten uns für den nächsten Tag zur größten Wasserburg aller Zeiten, die jemals am Strand von Noordkapelle gebaut wurde.

7. Männergespräche ermüden Frauen!

Anne und Jutta waren ins Bett gegangen. Detlef und ich diskutierten, rechneten, und am Ende waren wir uns sicher. Das war es! Ein Hundertzwanzigquadratmeterstellplatz mit eigener Dusch-Toiletten-Einheit. Grimbergen hatte einen Happymaker, scheinbar hatte Grimbergen auch einen Entscheidungsleichtermacher, aber ob Grimbergen auch einen Ehefrauenüberzeuger hatte, vor allem, wenn die nur Cola getrunken hatten, das stand noch in den Sternen!

Die Sterne waren wunderbar in dieser Nacht. Wir gingen noch mal rüber zu den 400er-Plätzen. Eine leichte Melancholie packte uns am Jogginganzug. Ich weiß nicht, wovon Detlef in dieser Nacht träumte!

Ich träumte von einem Ganzjahresstellplatz! Man

zog den Reißverschluss am Vorzelt hoch, und man war einfach da! Urlaub! März, April, Sommerferien, Herbstferien, und das auch noch mit einem eigenen Toilettenhäuschen!

Anne hatte im Schlaf einen Gesichtsausdruck, der mich optimistisch stimmte. Sie schlief, sie war wunderschön, sie lächelte! Wovon mochte sie wohl geträumt haben? Ich schnappte mir meinen Kulturbeutel und ging zur *Wasserette*.

Bienen sind ganz nützliche Tiere

»Nein, was sind die süß, so eins will ich auch haben!« – »Schatz, alle Tierbabys sind süß!« – »Aber Wilhelma hat gesagt, sie muss die verkaufen!« – »Aber unser Wagen ist voll, und ich transportiere in unserem nagelneuen Dethleffs 560 TK keinen Hängebauchschweinfrischling nach Hause!«

Wir standen vor Antjes Gehege, und sie war im wahrsten Sinne des Wortes stolz wie die Sau, stolz wie die Hängebauch-Sau sozusagen! Das Mutterglück hing ihr in jeder Borste. Ihre Kleinen waren ja auch noch so klein, dass sie bestimmt keine Haustiere haben wollten.

Wir standen alle, nein, wir standen nicht alle, Anne stand, Tristan stand und ich auch, nur Edda lag schon wieder auf dem Bauch und bearbeitete mit beiden Fäustchen das Erdreich. Schlimmer war aber, dass ich den Eindruck nicht loswurde, dass Anne lachte, wenn ich nicht hinsah!

Ich hätte das alles ausgehalten, ich konnte auch ein sehr tougher Vater sein. Ich konnte Töchter wild schreiend unter dem Arm nach Hause transportieren, ja, ich konnte mich durchsetzen.

Aber jetzt wollte ich Anne etwas demonstrieren, ich wollte ihr mit einem Kunstgriff väterlicher Rhetorik beweisen, dass ich dieser Situation auch ohne die

Anwendung autoritärer Erziehungsmuster gewachsen war.

Ich war mir sicher, dieser Schachzug war genial, ich sagte: »Bei uns kann man sicher auch kleine Hängebauchschweine kaufen. Hier kannst du dir die kleinen Ferkel angucken, und zu Hause kaufen wir dann zwei Stück!«

Edda stand auf, nahm Mamas Hand und ging freudestrahlend mit. Eddas Mama nahm meine Hand und flüsterte mir ins Ohr: »Wie willst du aus der Nummer jemals wieder rauskommen?« – »Warte mal ab! In zwei Wochen hat sie das alles bestimmt vergessen!«

Anne schob mit den beiden ab zu Johnnys Supermarkt. Ich sah den dreien hinterher. Ich glaube, sie lachte schon wieder!

Für diesen Morgen hatte ich Rasenmähen eingeplant. Ich musste mir nur noch den elektrischen Rasenmäher ausleihen. Auf dem Weg zur Elektrische-Rasenmäher-Ausleihstation traf ich Heinrich. Er war eben auch sehr früh aufgebrochen, aber als wir auf den Platz vor der Rezeption einbogen, sahen wir zwei Quadratmeter Kopfsteinpflaster genau da, wo die Rasenmäher stehen sollten.

»*Quod erat demonstrandum!*«, sagte Heinrich. Damit belegte er zwei Punkte. Zum Ersten, dass er im Mathematikunterricht nicht nur geschlafen hatte, und zum Zweiten, dass ihm die Naturgesetze von *De Grevelinge* schon nicht mehr völlig fremd waren. »Was zu beweisen war!« war genau die richtige Schlussfolgerung, wenn die Annahme lautete: »Egal, zu welcher Tageszeit man versucht, einen Rasenmäher zu leihen, dieser ist bereits von einer anderen Person ausgeliehen worden!«

Ich hatte mir dafür eigentlich eine logische Erklärung zurechtgelegt: Der Camper nimmt irgendwo in seinem Unterbewusstsein das Geräusch des Rasenmähers wahr oder vielleicht den Geruch der frisch gemähten Wiese. Diese Wahrnehmung führt ihn erst zu dem Wunsch, selber den Rasen zu mähen. Nun liegt die Wahrscheinlichkeit, einen von zwei Rasenmähern zu kriegen, natürlich bei maximal fünfzig Prozent, wenn man schon irgendwo einen hört oder riecht. Bei fast allen Campern funktioniert dieses Unterbewusstsein gleich, und von der statistischen Grundgesamtheit der Campingplatzbelegung wohnen über die Hälfte näher an der Rasenmäher-Ausleihstation als ich. Damit liegt die Wahrscheinlichkeit, einen Rasenmäher zu kriegen, praktisch bei Null.

Es sei denn, man geht so früh los, dass man noch nirgends einen hören oder riechen kann. Das hatten wir getan, und es war trotzdem keiner da.

Wenn man mit einem Fuß auf der Herdplatte steht und mit dem anderen im Kühlschrank, hat man rein statistisch die richtige Temperatur. Wenn man einmal links am Hasen vorbeischießt und einmal rechts, dann ist der Hase statistisch tot.

Das ist das Problem mit der Statistik. Es lässt sich alles prima ausrechnen, nur in der Praxis hilft es einem nicht weiter.

Wir lenkten das Gespräch auf ein erfreulicheres Thema.

»Was sagst du zu den neuen Plätzen?« Was sollte

ich sagen? Eine bessere Möglichkeit, einen entspannten Urlaub zu verbringen, hatte ich noch in keinem Reiseprospekt gefunden.

Vielleicht wäre das mal eine Möglichkeit. Rudi Völler lugt aus dem Duschhäuschen und sagt: »Neckermann macht's möglich!«

Oder lieber doch nicht. Dann wäre *De Grevelinge* wirklich zu überlaufen: »Also, ich finde die Idee ziemlich grandios!«

Detlef kam uns entgegen. »Heute muss ich mal Rasen mähen!« – »Dann probier es später noch mal, im Moment sind beide Rasenmäher ausgeliehen!«

»Und du? Hast du schon mal drüber nachgedacht?«

Heinrich bewegte im Laufen den ganzen Oberkörper hin und her – ein normales Kopfschütteln hätte es sicher auch getan: »Ich weiß nicht! Im nächsten Jahr will Hilde wieder schwanger werden, da würde das mit dem Campingurlaub bestimmt noch klappen! Aber ob ich sie danach noch mal in einen Wohnwagen kriege…? Ich weiß nicht!«

»Da gibt's doch die ganz einfache Lösung: Im übernächsten Jahr willst du dann halt wieder schwanger werden. Aber mehr als vier Kinder ist ein Campingurlaub wohl wirklich nicht wert!« Detlef war in seinem Sarkasmus manchmal noch bösartiger als ich.

»Was macht ihr heute noch?«

»Wir werden wohl zur *Imkerij* nach Poppendamme fahren. Da kann man tollen Honig kaufen, und den Kindern wird noch dazu in einer Führung erklärt, wie er entsteht!«

Heinrich stiefelte in sein Vorzelt, und Detlef schaute

mich fragend an: »Moment mal! Wir hatten doch abgemacht, dass wir am Strand eine Sandburg bauen!«

»Als wir Fahrräder gemietet haben, haben sie sich welche gekauft, als wir einen Fahrradständer gekauft haben, stand zwei Tage später auch einer vor ihrem Caravan! Jetzt gibt es genau zwei Möglichkeiten: Die eine ist, dass wir mit Heinrich, mit Sophia und mit Benedikt eine Sandburg bauen, während Hilde nebenan auf der Isomatte Schwangerschaftsgymnastik macht, und die bessere ist, dass wir uns heute Abend erklären lassen, was wir nicht alles in der Imkerei verpasst haben!«

Die größte Wasserburg aller Zeiten

Es ist völliger Blödsinn, Strandburgen zu bauen! Sie werden von Wind, Wellen und marodierenden Kindern innerhalb kürzester Zeit platt gemacht, man verschafft sich ein Spießer-Image, und man kann die Profis ohnehin nicht schlagen. Was nicht heißt, dass man es nicht versuchen kann.

Wir haben nichts dem Zufall überlassen!

Die Situation erinnerte mich an die Märklin-Eisenbahn, die der Sohnemann an Heiligabend geschenkt kriegt, um dann am ersten Weihnachtstag dem Papa die Freundschaft aufzukündigen, weil er nicht mitspielen darf.

Detlef und ich ließen uns von derart profanen Gegenargumenten nicht verunsichern. Wir hatten haltbare Schüppchen besorgt, Eimerchen waren vorhanden. Wichtig war die Gießkanne, um den zu trockenen Sand in verbaubares Material umzuwandeln.

Wir kratzten den Bauplan mit dem Schüppchen in den Sand. Es waren erhebliche Erdbewegungen notwendig, um eine Burg von diesen Ausmaßen zu erstellen. Es war nicht nur eine große Burg, es war eine Wasserburg. Der Wasserzufluss vom Meer sollte den Burggraben füllen, eine Zugbrücke aus sechs Magnum-Stielen heraneilende Feinde abhalten. Vier Wachtürme sollten es ermöglichen, angreifende Quallen,

Schollen und Seesterne schon von weitem zu erkennen.

Tristan, Edda, Michel und Jonas waren in ihrem Element. Tristan und Michel hatten die Aufgabe, dafür zu sorgen, dass der Zufluss aus dem Meer nicht versiegte, Jonas und Edda mussten »Burg Grevelingeneck« mit Miesmuscheln auf die Burgmauern schreiben. Keine leichte Aufgabe, wenn man drei und vier ist.

Es war Michels Idee, die dem Meer zugewandten Wachtürme mit Pommes-Gabeln zu bewaffnen.

Er hatte keine großen Schwierigkeiten, uns von diesem Vorhaben zu überzeugen. Ein leerer Bauch arbeitet nicht gern, und der *Zeerover* lag vielleicht fünfundzwanzig Meter entfernt. Eine Eisfirma tat uns den Gefallen, ein Eis mit dem Namen und der Form einer Schatztruhe zu offerieren. Nachdem das Eis fachmännisch aus der Verpackung entfernt war, wurde die Truhe im Burginneren vergraben.

Ich will jetzt hier überhaupt nicht angeben, aber wenn Maria Stuart diese Burg besessen hätte, Elisabeth I. wäre chancenlos gewesen!

Die Verteidigungsmechanismen waren ausgeklügelt. Nach dem ersten Tor musste man zunächst eine Hundertsechzig-Grad-Kehre überwinden, in der dem Angreifer von Tristan und Michel Algen über den Kopf geschmissen wurden; dann standen am nächsten Übergang Edda und Jonas bereit, um die Bösewichter mit Seetang zu bewerfen, und kurz vor der Schatztruhe wären sie sowieso unter einer Pommes-Schachtel begraben worden.

Die Burg hatte am Ende ein Außenmaß von bestimmt zwei mal drei Metern. Wir hatten sogar Schaulustige angezogen.

Dann kam die Flut!

Irgendwann konnten Michel und Tristan das Wasser auch durch die gewagtesten Deichbauten nicht mehr aufhalten.

Maria Stuart war verloren. Gut, das war sie in der Realität auch. Unsere Baumaßnahme veränderte zwar noch eine Weile die Topographie des Strandes, aber am nächsten Morgen würde von unserer Burg nichts mehr zu sehen sein; vielleicht würden noch zwei Miesmuscheln und drei Magnum-Stiele davon zeugen, dass hier Maria Stuart verteidigt werden sollte.

Wir saßen im *Zeerover*, als ich so langsam spürte, dass wir doch nicht an alles gedacht hatten. Natürlich mussten die Kinder mit mindestens Sonnenschutzfaktor dreißig vor Blessuren bewahrt werden. Das war auch geschehen. Es wäre aber durchaus sinnvoll gewesen, beim Papa ähnliche Präventivmaßnahmen vorzunehmen. Auf diese Idee war aber niemand gekommen.

Ich hatte mir einen gewaltigen Sonnenbrand gefangen! Wegen der immensen Sonnenbestrahlung, der ich einen ganzen Nachmittag lang ausgesetzt gewesen war, verzichtete ich auf das zweite Glas Grimbergen, sonst hätte ich den Sonnenbrand vielleicht sogar witzig gefunden.

Die Kinder waren im Bett. Anne schmierte mir den Rücken, die lädierten Oberschenkel und die Schultern mit After Sun ein. Aber es half nichts!

Ich liebe sie für ihre Gedanken: »Wir haben ja noch dreizehn Tage!«

Ich wusste nicht, wie ich liegen sollte. Auf dem Bauch ging nicht, auf dem Rücken auch nicht. Das waren perfekte Voraussetzungen für die Ausnutzung der Tandem-Achse.

Ich fand eine Liegeposition halb vorne, halb Seite, und ich las einen Roman von Donna Leon, *Venezianische Scharade*. Ich schaffte fast hundert Seiten. Natürlich war das Buch spannend, aber das war nicht der Grund. Wenn ich schlaftrunken das Buch nach rechts und mich nach links fallen ließ, dann spürte ich wieder, wie sich ganze Hautflächen zusammenzogen, wie sich zwischen weißem Hintern und rotem Rücken Temperaturunterschiede von bestimmt zwanzig Grad breit machten, und dann las ich zwangsläufig noch ein paar Seiten.

Ich lag im Bett, ich las ein gutes Buch und war im Großen und Ganzen mit meiner Situation zufrieden. War das nicht genau das, was man im Allgemeinen unter Urlaub verstand? Ja, das war es, und dann war es doch ziemlich egal, durch welche dummen Zufälle man in diese Situation gekommen war.

Ich räusperte mich noch ein paar Mal ziemlich laut, ich drehte mich mutwillig noch ein paar Mal geräuschvoll um, aber sie wurde nicht wach.

Schade! Ich hätte ihr gerne erklärt, woran das lag, dass Maria Stuart damals nicht gewonnen hat!

*Petri Heil oder
Die Fische haben es nicht leicht in Holland*

Es war Tristan schon seit längerem ein Dorn im Auge, dass Michel und Jonas Angeln hatten – und einen Vater, der diesem Hobby durchaus zugetan war. Benedikt Büsinger hatte schon am dritten Tag im Angelladen in Westkapelle mit seinem Papa – wie sich das für einen Büsinger gehörte – gnadenlos zugeschlagen.

Es war nicht ganz wie bei Norbert. Norbert kam aus Stolberg, und Stolberg musste über perfekte Fischgründe verfügen, denn Norbert und sein Sohn Sebastian, die direkt gegenüber von Detlef standen, waren wirklich passionierte Angler.

Angler, also richtige Angler, das sind Menschen, die stundenlang mit ihrer Rute an einem Weiher sitzen, bewegungslos, und auf den Schwimmer ihrer Angel starren. Sie sprechen dabei nicht, die Angler, sie sitzen nur stumm da, und wenn von zwei Anglern der eine nach gut zwei Stunden die Beine übereinander schlägt, dann sagt der andere: »Angeln wir, oder tanzen wir Foxtrott?«

In Holland dürfen Kinder bis vierzehn Jahre angeln, an jedem Weiher oder Tümpel, ohne Angelschein, sie dürfen angeln. Das machen sich die holländischen Väter zunutze: Sie ziehen mit sechs Hochseeruten, die durchaus dazu geeignet wären, den von Hemingway beschriebenen Marlin zu bergen, an den nächsten

Dorfweiher. Wenn tatsächlich irgendein kommuneneigener Kontrolleur kommt, und nach meinen bisherigen Erfahrungen kommt der nicht, aber wenn der kommt, dann sagen sie frei heraus, dass die Angeln dem Sohnemann gehören, der drüben unter dem Ahornbaum gerade Gameboy spielt.

Aber es waren auch wirklich viele Jungs mit Angeln unterwegs. Ich habe mal in einem Garten- und Teich- und Gartenteichgeschäft ein Angebot gesehen: »Sibirische Störe, fünfzehn Zentimeter für sieben Euro!« Irgendwie konnte ich mir den Gedanken nicht verkneifen, wie witzig das wäre, wenn man einfach mal vier sibirische Störe kaufte, um sie im Dorfteich auszusetzen. O.K., die Störe waren vielleicht nur fünfzehn Zentimeter lang, aber die konnten ja wachsen. So ein sibirischer Stör konnte bis zu drei Meter lang werden. Das stand zumindest auf dem kleinen Schild an dem Verkaufsbecken. Und im Dorfweiher würden die bestimmt zwei Meter fünfzig schaffen.

Wenn die Kids mit ihren Angeln so einen Stör erwischten, dann würden sie auf dem Dorfteich barfuß Wasserski laufen. Dieses Bild wäre mir vierzehn Euro wert gewesen, aber wahrscheinlich hätte ich mich genau zu diesem Zeitpunkt weit weg vom Dorfteich befunden.

Ich hätte mich wahnsinnig geärgert, wenn mir jemand geschildert hätte, wie der doofe Benedikt mit seiner Angel in den Weiher geflogen war und wie Heinrich Büsinger aus purer Furcht in seine Bierdose gebissen hatte, gerade als ich nicht dabei war.

Vierzehn Euro für so eine Enttäuschung! Ich habe

die Störe im Becken gelassen, aber die Idee, die war schon witzig!

Tristan kam jeden Tag mit dem Wunsch, mit an den Dorfteich zu dürfen oder an den Weiher in Westhove. Aber ich wollte es nicht unterstützen, dass mein Sohn einen Fisch aus einem Teich zog, den hinterher niemand essen wollte. Ich lehne es nun mal ab, wenn nach dem Angeln der Fisch nicht verzehrt wird. Angeln, das ist eine durchaus legitime Art der Nahrungsbeschaffung, aber Karpfen fangen und sie hinterher wieder aussetzen, das ist Fisch-Piercing aus Jux und Dollerei.

An diesem Vormittag stand Tristan besonders freudestrahlend vor mir. Sebastian hatte ihm eine kleine Angel geliehen, und sie angelten nur an der Gracht direkt hinter dem Campingplatz.

Ich war beruhigt. Da konnte nun wirklich nichts passieren. In dieser Brühe konnte sich kein Fisch aufhalten. Tristan blieb in unmittelbarer Nähe unseres Wohnwagens, und Norbert war dabei. Wie sollte man da noch Nein sagen können!

Ich habe noch mit der wohnwageneigenen Kneifzange die Widerhaken vom Angelhaken entfernt, und dann durfte er los. In diesem Moment war ich einer der großartigsten Papas der Welt. Das war auch mal ein schönes Gefühl!

Sieben oder acht unentwegte Petrijünger saßen an der Gracht, als ich aus rein pädagogischen Gründen mal nachsehen musste, was der Kleine denn so alles gefangen hatte. Norbert hatte seine Angelrute in einen Angelrutenständer gestellt und ganz oben ein kleines Klemmglöckchen angebracht. Der Karpfen würde somit beim Biss ein akustisches Signal abgeben. Das war auch wichtig, denn er konnte seine Augen nicht unentwegt auf den Schwimmer richten, weil er parallel noch an der Vorderradbremse seiner Impala hantierte.

Ich machte mich mit Sprüchen wie »Beißen sie? Oder sind sie ganz zahm?« oder auch »Fische, die bellen, beißen nicht!« durchaus beliebt.

Aber ich hatte Recht. Wahrscheinlich gab es keinen einzigen Fisch in dieser Gracht, und wenn es doch zwei, drei unbeirrbare gab, dann waren die sicher so schlau, sich nicht von einem angelnden Camper aus dieser entfernen zu lassen.

Jeder Angler hatte sein Eimerchen dabei, und alle Eimerchen waren leer. Ich kehrte beruhigt wieder zu Frau Leon zurück, die gerade auf dem Tischchen vor dem Vorzelt lag. »Brunetti wollte das Vaporetto nehmen. Als er hinter dem Campo San Lorenzo in eine kleine Calle abbog, nahm er den Geruch von Kloake und Urin wahr, im Norden erschienen dunkle Wolken, die ihm Grund zu der Hoffnung gaben, dass endlich wieder Regen nahte...!«

Ich führte gerade die Kaffeetasse zum Mund, als ein ohrenbetäubender Lärm mich am Weiterlesen hinderte: »Er hat einen, du hast einen Biss, hol ihn raus!«

Ich sprintete zur Gracht. Mein fünfjähriger Sohn kämpfte einen großen Kampf mit einem Fisch. Er musste riesengroß sein, also der Fisch. Die Angel bog sich unter der enormen Kraft, die dieses Flossentier entwickelte. Tristan schlug sich heldenhaft. Er ging in die Knie, er holte die Schnur ein. Bewundernde Augenpaare begleiteten ihn. Er stand am Ufer, die Rute in der Hand, dann machte diese Bestie einen Ruck und er verlor das Gleichgewicht.

Das Gewässer war ungefähr sechzig Zentimeter tief, und da stand er nun, unbändige Freude und riesengroßen Stolz in den Augen. Norbert hatte den kapitalen Fisch, eine vielleicht zwanzig Zentimeter lange Rotfeder, herausgezogen und ich meinen Sohn.

Norbert hatte einen Fotoapparat dabei. Wir haben ein herrliches Trophäenfoto geschossen.

Also, lecker war was anderes. Vielleicht hätte man das Tier doch noch drei Jahre in einer Badewanne schwimmen lassen müssen, irgendwie schmeckte der Fisch mehr nach seiner Herkunft als nach Fisch! Aber wir haben ihn mit Todesverachtung gegessen. Auf unserem Kleinsttonnengrill zubereitet. Angeln war eine durchaus legitime Art der Nahrungsbeschaffung, aber dann musste die Nahrung auch verzehrt werden. Vielleicht war es Tristan eine Lehre. *Frikandel speciaal*, Pommes-Mayo, das war auch lecker, und dafür musste man keine Fische umbringen.

Tristan war stolz wie Oskar. »Papa, das war doch Klasse, kein anderer hat einen Fisch gefangen, nur ich!« – »Ja, das war toll, das hast du super gemacht!«

Ich bin mir sicher, dass ihm ein Käptn-Iglu-Fischstäbchen eigentlich besser geschmeckt hätte. Aber wenn dem so war, dann hat er es sich nicht anmerken lassen.

Mir war nicht nur der Geschmack nicht recht, irgendwie roch es auch unangenehm an unserem Tisch. Es war nicht der Fisch, es war der Sohn, der sich gesagt hatte: »An meine Haut lasse ich nur Sonne und unsere Gracht!« Er stank gotterbärmlich! Das sind die Momente, in denen man kapiert, warum die Grünen auch in Holland so erfolgreich sind. Ich weiß nicht, was sich alles in dieser Gracht befand, aber wenn man reingefallen war, dann roch man fürchterlich.

Ich bin mit Tristan zur Dusche marschiert, ich habe ihn mit Fa-Exotic-Dream dreimal abgewaschen, aber als wir wieder an unserem Platz waren, da hatte sich nicht viel geändert. Er roch immer noch nach... nein, er stank einfach!

Wir haben noch zweimal geduscht. Meine Haut fühlte sich schon langsam wie Papier an, nur mein Junge, der stank immer noch nach Gracht!

Edda fühlte sich vernachlässigt. Alle kümmerten sich nur um den großen Bruder, aber sie wollte auch was machen. Sie wollte mit ihrer neuen Freundin Ann-Kathrin schwimmen gehen.

Schwimmen gehen!

Der Swimmingpool eines Campingplatzes! Der Swimmingpool, in dem Hunderte von Kindern jeden Tag ausprobierten, ob man nicht mit einer Arschbombe die an den Rändern sitzenden Eltern ärgern konnte, der Swimmingpool, in dem die großen Jungs nur deshalb nicht vom Dreimeterbrett ins Wasser pinkelten, weil kein Dreimeterbrett da war, dieser Swimmingpool musste doch eine Chlorkonzentration aufweisen, die auch den übelsten Geruch von der Kaffeetafel vertrieb.

Wir gingen schwimmen. Der Pool war durchaus schön angelegt. Man konnte sechzehn Meter schwimmen, aber man konnte auch rutschen, sich von einer Schwalldusche massieren lassen, man konnte nur nicht vom Dreimeterbrett springen, weil eben keins da war!

Als wir uns wieder abgetrocknet hatten – Tristan trug den Tigerenten-Bademantel, Edda wollte keinen Bademantel tragen, denn der rosa Glitzer-Badeanzug mit dem Herz in Höhe des Bauchnabels musste ja schließlich auch gesehen werden –, da sah die Welt schon wieder ganz anders aus.

Vor allem deswegen, weil Tristan wieder ganz normal nach Campingplatz roch, nach dieser unnachahmlichen Mischung aus Sonnencreme, Pommes und Chlor. Für mich war es ein sinnliches Erlebnis!

Tristan lag in seinem Bett. In den Augen hatte er immer noch diesen Anflug von Stolz: »Ne, Papa, der Fisch, den ich gefangen habe. Der war echt lecker!«

Der Fisch war nicht wirklich lecker, aber ich habe ihn gegessen! Tristan war schließlich völlig begeistert, und ich wollte ihm den Abend nicht vermiesen.

Beim Gutenachtküsschen stellte ich fest: Tristan roch tatsächlich wieder normal!

Wir hatten zwei völlig glückliche Kinder! Ich wollte immer viele Kinder, aber heute weiß ich, zwei sind viele! Und wenn ich zwei völlig glückliche Kinder habe, dann bin ich auch glücklich!

»Hat dir der Fisch eigentlich geschmeckt?« Das musste eine rhetorische Frage sein. Ich war mir sicher, Anne hatte mir mein Unbehagen angesehen. »Nein!

Der liegt mir verdammt schwer im Magen!« – »Dann bin ich ja beruhigt. Warum gehen Männer so gerne angeln?«

»Das kann man so nicht sagen: Männer! Es gibt sicher einige Männer – O. K., hier auf dem Campingplatz gibt es viele Männer –, die beim Blick auf den Schwimmer scheinbar alles um sich herum vergessen. Beim Golfen soll das auch so sein! Wenn man vom Golfplatz zurückkommt, wenn man wieder im Auto sitzt, dann fällt einem langsam wieder ein, dass man auch einen Beruf hat, dass man eine Familie hat, dass es ein Finanzamt gibt. Das hat mir Mike erzählt. Auf dem Golfplatz selber ist das völlig egal!«

»Willst du anfangen zu angeln?« – »Nein, niemals!« – »Willst du anfangen zu golfen?« – »Um Gottes willen, ich hab ja noch Sex!« – »Willst du Sex?« – »Das ist allerdings eine klasse Idee!«

In mir rumorte das Abendessen. Auf dem Weg zum Waschhäuschen musste ich plötzlich Geschwindigkeit aufnehmen. Ich erreichte die Toilette in Rekordzeit, aber ich verließ sie vorerst nicht wieder.

Ich hatte auf dem Klo viel Zeit, über meinen Denkansatz zu der legitimen Art der Nahrungsbeschaffung nachzudenken. Wenn mein Sohn noch mal einen Fisch fing, sollten den die anderen essen. Vielleicht waren Magenkrämpfe und Durchfall nur die gerechte Strafe.

Annes Mitleid war echt. »Man kann kleinen Jungs wohl nicht den Jagdtrieb nehmen. Aber man kann ihnen beibringen, dass man dann auch konsequent sein muss. Nein, das hast du völlig richtig gemacht.«

Sie ließ das leichte Strandkleid auf den Linoleumboden des Wohnwagens gleiten. Im schwachen Gegenlicht der Straßenlaterne sah ich ihre atemberaubende Silhouette vor mir, als ich wieder dieses Rumoren spürte. Im Laufschritt auf dem Weg zum Waschhäuschen wurde mir klar: Nein, ich hatte alles falsch gemacht!

Die Nachtwanderung der besonderen Art

Das Barbecue mit den Nachbarn auf *De Grevelinge*, das war schon was Besonderes!

Stellen Sie sich so ein Feld ungefähr folgendermaßen vor: ein rechteckiges Areal von – sagen wir mal – tausend Quadratmetern, auf diesem Areal stehen an den Längsseiten zwei mal vier Wohnwagen, und in der Mitte ist noch eine Menge Platz, auf dem man Federball spielen kann, Fußball oder Völkerball.

Einmal hat Detlef auf diesem Platz eine Zehn-Meter-Plane ausgerollt und mit einem Gartenschlauch ständig Wasser auf die Plane gespült. Der Rasen bedurfte eigentlich keiner künstlichen Bewässerung, und für eine Eisbahn war es erheblich zu warm. Ich wusste nicht genau, was er vorhatte, bis sich Jonas als Erster mit lautem Juchzen und langem Anlauf bäuchlings auf die Plane fallen ließ und meterweit rutschte. Die Kinder hatten einen unglaublichen Spaß.

Das war natürlich nur etwas für Kinder, meine beiden waren innerhalb von Sekunden pitschnass, und ich registrierte mit einiger Verwunderung, dass Jutta, Ulla und Anne in null Komma nix im Badeanzug dastanden, Riesenanlauf und rummsss!

Eigentlich war es mir klar, das war kein Sport für dicke Männer. Aber was sollten die Kinder von mir denken! Nun, ich will hier nicht strunzen, und mein kapitaler Sieg lässt sich auch ganz leicht physikalisch erklären. Wie war das noch mal: Energie = Masse x Geschwindigkeit? Gut, manch anderer mochte schneller sein als ich, aber bei der Masse habe ich den meisten schon einiges voraus. Die Zehn-Meter-Plane hat jedenfalls nicht gereicht, und dass wir die Grasflecken aus der Badehose wahrscheinlich nie wieder rauskriegen, das wird halt unter Geselligkeitskosten abgeschrieben.

An diesem Samstagabend nutzten wir den Platz in der Mitte für unser Barbecue. Jede Familie stellte einen Tisch und ein paar Stühle in die Mitte, die nächste Familie stellte ihren Tisch dann direkt daneben. Dabei fiel mir auf, dass es wahrscheinlich auf der ganzen Welt nicht zwei Campingtische gibt, die die gleiche Höhe haben!

Das waren am Ende acht verschiedenfarbige Tische von unterschiedlicher Höhe mit unterschiedlichen Campingstühlen. Wir hatten die ultraleichten französischen Modelle mit lebenslanger Garantie auf die Kunstfasersitzflächen in unterschiedlichen Blautönen, Ralf und Ulla hatten grüne Kettler-Klappstühle mit megabequemen Auflagen. Rinus hatte weiße Stapelstühle mit karierten Stuhlkissen. Wenn hier ein Innenarchitekt gezeltet hätte, der wäre noch an diesem Abend in die Gracht gegangen. Wenn Sie mich fragen: Es sah klasse aus!

Am Kopfende unseres Feldes stand die Grillarmada: Wir hatten sechs verschiedene Modelle ausgesucht. Unser Kleinsttonnengrill war schon in der Vorrunde ausgeschieden. Aber nicht nur die Grills waren unterschiedlich, auch die Art und Weise, welchselbige zu entzünden, barg so manches Geheimnis. Ben hatte so eine Art Tauchsieder, der unter die Holzkohle geschoben wurde und mittels Elektrizität die Glut entfachte. Das Gerät war brutal schnell, wurde aber von der Mehrheit der Griller wegen Abzügen in der Romantiknote eher weiter hinten eingestuft.

Detlef arbeitete mit petroleumgetränkten Pressspanstiften, die er in der Holzkohle verteilte, Rinus hatte übel riechende weiße Chemiewürfel, und Ralf drückte nur den Piezo-Zünder seines Gasgrills. Die Stiftung Warentest hätte an diesem Feuerwerk der Grillkunst ihre wahre Freude gehabt.

Natürlich hatte jeder auch noch unterschiedliches Grillgut besorgt. Meermarkt gegen Fleischer gegen Aldi. Über die unterschiedlichen Getränke möchte ich hier und jetzt erst gar nicht anfangen zu philosophieren.

Die beiden nebeneinander gestellten Tische für die Salate bogen sich unter der Last von zehn verschiedenen Kreationen, das Zaziki von Ulla schlug die Kreation vom *Mosselen*-Fest noch mal deutlich und konnte nur den Sinn verfolgen, auf diesem Platz im nächsten Jahr alleine stehen zu dürfen.

Als ich einen *Drumstick* aus dem Meermarkt, ein neuseeländisches Lammkotelett aus dem Aldi und drei Satespieße vom Fleischer hinter mir hatte, begleitet von einem Nudel-, einem Thunfisch-Reis- und einem Krautsalat mit Rosinen (vom Knoblauchbrot ganz zu schweigen...), da hatte ich nur noch einen Gedanken: »Nie wieder Ferienhaus!«

Hilde hatte in Middelburg Filetsteaks gekauft, und

sie war nach ihrem Einkaufsbummel an diesem sehr bewölkten Tag signifikant stärker gebräunt zurückgekehrt, als sie am Vortag gewesen war. Ich muss ihr wirklich zugute halten, dass sie gar nicht erst versuchte, uns zu erklären, dass das Wetter halt an diesem Tage in Middelburg deutlich besser gewesen war als acht Kilometer entfernt auf unserem Platz. »Ich hab mir im Sonnenstudio gleich eine Fünferkarte gekauft. Das wird doch eh nichts mit dem Sommer hier, und meine Nachbarin zu Hause ist in Rimini, den Triumph wird sie nicht erleben.«

Von meinem Sandburgsonnenbrand pellte sich mir immer noch der Rücken, ich konnte ihre Argumentation nicht wirklich nachvollziehen.

Man konnte Burgunder von Ralf trinken oder Grimbergen oder Pils oder (um den Magen zu schließen) ein kleines *Geneverken*.

Ralf erzählte mir, dass ein Gasgrill wirklich eine Menge Vorteile bot, ich erzählte Norbert, dass man in einem Ferienhaus so einen Abend einfach nicht erleben konnte, und Detlef erzählte den Kindern, dass er früher mal mit seinen Eltern zelten war und dass sie da eine Nachtwanderung gemacht hatten; sie hatten sich total gruselige Geschichten erzählt, und das war für ihn als Junge sein tollstes Erlebnis gewesen.

Was hatte er damit bezweckt? Es kann nicht sein, dass er an diesem Abend unbedingt mit dreiundzwanzig Kindern eine Nachtwanderung machen wollte! Obwohl, im Nachhinein bin ich mir nicht mehr so sicher.

Detlef ist einfach ein Super-Papa, und ich glaube

er hatte Grimbergen gewählt. Da kommt man halt auf Ideen!

Es war stockduster, und er machte sich mit dreizehn Mädchen und zehn Jungs auf den Weg.

Wir – die auf dem Feld Verbliebenen – haben uns über Tattoos unterhalten. Anne hatte sich vor einem halben Jahr einen wunderschönen Fisch auf den Po tätowieren lassen, und Jutta fand die Idee eigentlich ziemlich Klasse. »Du musst dir nur völlig sicher über das Motiv sein. So ein Tattoo hält halt ein Leben lang.« Jutta wusste kein Motiv. »Also, wir haben diese Fische im Teich, die sind mein Hobby, und das werden sie auch noch in zwanzig Jahren sein!« – »Och, so ein richtiges Hobby in dem Sinne habe ich nicht!«

»Aber ihr fahrt jedes Jahr nach Holland in Urlaub!« – »Ja, das schon!« – »Dann lass dir doch eine Tüte Pommes auf den Hintern tätowieren!«

Es war immer schon mein Problem, dass ich schneller spreche, als ich denken kann, und es war immer schon mein Glück, dass ich es meist mit netten Menschen wie Jutta zu tun habe. Sie hat mir keine Schüssel Kartoffelsalat über den Kopf gestülpt, sie fragte nur: »Wo bleibt denn Detlef?«

Es war spät geworden, 23:30 Uhr, normalerweise hätte schon längst der Platzwart auftauchen sein müssen, um uns auf die Nachtruhe hinzuweisen, was wir normalerweise auch akzeptiert hätten, aber an dem Abend kam er nicht. Und Detlef kam auch nicht.

Was konnte man tun? Einen Suchtrupp organisieren, eine Wagenburg bauen und die Pferde satteln. Quatsch, Detlef war dabei, und eine Nachtwanderung hieß ja schließlich Nachtwanderung, weil man nachts wanderte.

Also, Suchtrupp schied aus, Pferde hatten wir eh nicht, aber ein *Generverken*, das wäre vielleicht genau das Richtige, zunächst einmal!

Fünf nach zwölf brachen wir dann doch auf, wir schwärmten aus – mit Taschenlampen bewaffnet –, wir zogen in alle Richtungen davon, und es dauerte nicht lange, bis wir Detlef fanden. Detlef, die dreiundzwanzig Kinder und den Platzwart.

Der war nicht wenig empört, dass auf seinem Platz die schlafenden Camper gestört wurden – durch einen erwachsenen Mann, der wie ein Gespenst heulend mit über zwanzig Kindern über den Platz streifte. Und wir sollten jetzt unsere Grillparty auch mal langsam einstellen.

Weg war er! Anne versuchte, die Kinder ins Bett zu bringen! Jutta versuchte, die Kinder ins Bett zu bringen, Hilde versuchte, die Kinder ins Bett zu bringen – mit mäßigem Erfolg! Sie hatten es nicht leicht, der Grusel hatte sich noch nicht völlig verflüchtigt!

Detlef kriegte sich nicht mehr ein vor Lachen. Dass dreiundzwanzig Kinder mitten in der Nacht über den Platz tigerten und dass gerade er, der einzige vernünftige zugelassene Erziehungsberechtigte, sich den Anschiss einhandelte, das fand er nun völlig witzig, und das war nun wirklich noch ein *Generverken* wert!

Es war ein wunderbarer Abend, der nur unwesentlich dadurch getrübt wurde, dass Edda unbedingt bei uns schlafen wollte. Aber das war halt notwendig, denn genau auf diesem Campingplatz gab es ein In-die-Gracht-Schmeißer-Gespenst, das die Kinder, die nachts auf dem Campingplatz unterwegs waren, einfach in die Gracht schmiss.

Ich lag im Bett, Edda kuschelte sich in meinen Arm, sie hatte sich jetzt beruhigt und war eingeschlafen, zwischen Anne und mir. Ich ließ den Tag noch mal Revue passieren, die unterschiedlich hohen Tische, die Grill-Armada, das Zaziki, das zum Abbruch jeglichen sozialen Kontaktes führte. Edda kuschelte sich in meinen Arm.

Anne küsste mich auf die Stirn, in den Arm nehmen konnte ich sie nicht, sonst hätte ich Edda geweckt. Von weitem hörte ich Detlef immer noch lachen, ich dachte an das In-die-Gracht-Schmeißer-Gespenst und an unsere Tandem-Achse. Ich konnte mich eines Gedankens nicht erwehren: »Wenn der morgen früh immer noch lacht, dann hau ich ihm eins aufs Maul!«

Schlechtes Wetter, schlechte Stimmung

Der nächste Morgen kam meinem Sonnenbrand entgegen. »Bewölkt« wäre der falsche Ausdruck. Es war so ein holländischer Sprühregen. Holländischen Sprühregen kann man sich leicht vorstellen:

Wenn man beim Grillen von einem leichten Schauer überrascht wird, nimmt man ja gern den Sonnenschirm und grillt darunter weiter. Allerdings ist so ein Sonnenschirm natürlich nicht wasserdicht, sonst hieße so ein Sonnenschirm ja wahrscheinlich auch Regenschirm. Das Wasser sprüht also durch die Poren des Textils. Das ist das Gefühl, jetzt müssen Sie sich das Sprühen nur noch stärker vorstellen. Ungefähr so, als würden Sie den Sonnenschirm wegnehmen.

Das Schöne an der Nordsee ist, dass es oft einen Schauer gibt, aber dann sieht man auch wieder die hellen Stellen am Himmel, und zack – lugt die Sonne wieder durch.

So ist das an der Nordsee, das ist eine ungeschriebene Regel, nur an jenem Tag wollte sich das Wetter einfach nicht an die ungeschriebenen Regeln halten. Es sprühte und regnete und sprühte und regnete.

Natürlich hatte dieser Nachrichtensprecher im Radio, den ich immer wieder versuchte zu verstehen, so etwas Ähnliches angekündigt. Ich hatte durchaus mitgekriegt, dass er uns ein Tief annoncierte, das wohl von Island aus Wolken und Regen bringen würde, aber nach seiner letzten Vorhersage dieser Art hatte ich mir das prognostizierte Sturmtief als komplette Hautpartien von den Schultern pellen können! Warum sollte das dieses Mal anders sein!

Ich war dran mit Brötchenholen. Der Einkaufszettel war umfangreich. Margarine, Leberwurst, Milch, fünf normale Brötchen, drei weiche Brötchen, Schokostreusel und Vla.

Vla ist ein flüssiger Pudding. Es gibt ihn in unterschiedlichen Geschmacksrichtungen. Ich würde eher sagen, die Geschmacksrichtungen schmecken alle ziemlich gleich, aber es gibt ihn in verschiedenen Farben. Anne würde mir diese Herabsetzung einer ihrer Lieblingsspeisen sicher nicht durchgehen lassen. Am schönsten ist der Vla in Vanille-Schokolade. Da sind tatsächlich beide Sorten drin, ohne sich zu vermischen.

Ich habe mal als jugendlicher Forscher eine Zahnpastatube seziert, um hinter das Geheimnis mit den grünen Streifen zu kommen. Dieses Geheimnis hat seitdem für mich an Faszination verloren. Ich hätte wohl auch gerne mal einen Vla Vanille-Schokolade seziert, aber die Sauerei im Vorzelt schien mir doch übertrieben, zumal Tristan und Edda sicher nicht Ruhe gegeben hätten, bevor sie mit einem Vla Erdbeer-Vanille das Gleiche vollzogen hätten.

Der Vla und die Schokostreusel resultierten aus einem Hollandurlaub, den Anne mit ihren Eltern vor gut zwanzig Jahren mal gemacht hat. Damals gab es Schokostreusel-Brötchen zum Frühstück und Vla zu jeder Tages- und Nachtzeit.

Als ich aus dem Vorzelt trat, ohne Schirm, sondern mit Regenjacke (schließlich gibt es kein schlechtes Wetter, sondern nur falsche Kleidung!), verursachte mir der Sprühregen sogar ein gutes Gefühl. Es war nicht kalt, es war halt nur nass. Und es sprühte halt so schön, und ich dusche ja auch gerne.

Das Angebot in Johnnys Supermarkt ließ mein inzwischen erfahrenes Camperherz wieder einmal höher schlagen. Denn es gab sie tatsächlich, diese besondere Korrelation zwischen Johnnys Warensortiment und dem Camperleben.

Direkt am Eingang erwarteten mich wie immer die gekühlten Getränke für den Sofortverzehr, die nicht gekühlten Getränke für den Abend erfreuten mein Auge im Mittelgang. Zunächst führte mich der Weg vorbei an den Keksen und der Kaffee- und Kakao-Abteilung, hin zu den beiden Kühlregalen mit den Milchprodukten und dem Aufschnitt.

Bis dahin und auch durch den Mittelgang, der neben den ungekühlten Getränken Chips und Salzstangen bevorratete, verhielt mein Pulsschlag sich noch relativ normal, aber der dritte Gang, der zu den Kassen führte, der hatte es wirklich in sich. Dort, zwischen Brötchen und Kasse, da fand der Camper alles, was an kurzfristigem dringendem Bedarf auftauchen konnte. Kurzfristiger dringender Bedarf, das waren die Dinge, die man ganz plötzlich einfach brauchte und niemand hatte vor der Urlaubsfahrt damit rechnen können. Der dritte Gang, das hieß: Heringe, Sturmleinen, Kniffelblöcke, Tischtennisschläger, Dreifachsteckdosen, Verlängerungskabel, Wasserspritzpistolen, Schwimmtiere, Raumlufterfrischer, Vaseline, Lampenöl, Kondome, Hammer, Zange, Plastiksoldaten, Barbiepuppenkleider, Spülbürsten, Kaffeetassen, *WAZ*, *Express* und *Bildzeitung*. Oder, wie man auf einem Campingplatz sagt: das Paradies!

Ein Frühstück im Vorzelt war auch nicht schlechter als ein Frühstück draußen. Gut, die Brötchen schmeckten ein bisschen feuchter als sonst. Hätte ich eine normale Plastiktüte mitgenommen statt der Jutetasche, wäre es vielleicht gar nicht so aufgefallen. Aber bei den Frühstücksgewohnheiten, die sich meine drei in diesem Hollandurlaub angewöhnt hatten, fiel ein feuchtes Brötchen nun wirklich nicht mehr ins Gewicht.

Man konnte kein Milchbrötchen essen mit jungem Gouda und Marmelade obendrauf, das konnte man nicht – man nicht, aber Edda schon. Und über Schokostreusel lasse ich grundsätzlich mit mir diskutieren. Wenn man Nutella auf Brötchen schmierte, warum dann nicht das gleiche Geschmackserlebnis in Form von fünf Millimeter langen Suppennudeln. Aber Nutella blieb nun mal einfach so auf dem Brötchen kleben, während sich Schokostreusel in sämtliche Ritzen des Klapptisches klemmten, und zwar so hartnäckig, dass man sie nur mühsam mit dem Fingernagel wieder herausbekam. Und wenn schon Schokostreusel, warum musste es die dann in Vollmilch, Zartbitter und in der rosaroten Variante Frucht geben? Letztere gehörte wohl eher in die Kategorie Marmelade, wobei die Marmelade einfach auf dem Brötchen kleben blieb, während sich Fruchtstreusel in sämtliche Ritzen...

Anne kam auf die völlig abwegige Idee, dass mich solche Gedanken bei Sonnenschein gar nicht quälen würden – völliger Blödsinn!

Schließlich bot ein Regentag ja auch Möglichkeiten für einen Familienurlaub. Man konnte Mensch-ärgere-Dich-nicht spielen, man konnte etwas lesen. Auch ein Strandspaziergang kam durchaus infrage, das war halt im Regen mal was ganz anderes.

Als wir gefrühstückt und Mensch-ärgere-Dich-nicht gespielt hatten, nach dreißig Seiten Donna Leon und nach dem Strandspaziergang war es halb drei nachmittags. Es sprühte und regnete, es sprühte und regnete. Die Fahrräder standen traurig vor dem Vorzelt, ab und zu huschte ein Mensch am Fenster vorbei, ein paar Minuten später huschte er wieder zurück.

Michel und Jonas wollten draußen spielen. Warum nicht, wir haben Edda und Tristan in Gummistiefel, Regenhose und Regenjacke gepackt, und dann sind sie raus. Kinder störte der Regen scheinbar nicht. Warum eigentlich nicht?

Weil es meine Kinder waren! Und mich störte der Regen schließlich auch nicht.

Ich genoss die Zeit zum Lesen. Wie weit war Commissario Brunetti? Ich fingerte nach dem Buch, schlug es auf und las: »Eine Hitzewelle lag über Venedig!«

Man musste ja auch nicht lesen. »Wir könnten ja mal ein paar Ansichtskarten schreiben. Ich gehe in den Supermarkt und hol welche.« Ich nahm meine Gummistiefel. »Hast du irgendwelche Adressen mitgenommen? Oder kennst du die Postleitzahlen auswendig?«

Nein! Ich hatte keine Adressen mitgenommen, und ich kannte die Postleitzahlen nicht auswendig, aber die Telefonnummern. »Ich kann ja zu Hause anrufen und nach der Postleitzahl fragen!«

Sie antwortete nicht, sie musste auch nicht antworten. Ich stellte die Gummistiefel wieder weg. Ich setzte mich an den Tisch und schaute aus dem Vorzeltfenster. Tristan spielte mit Michel und Jonas. Edda spielte mit einem kleinen Mädchen in einem roten Regencape; ich war mir nicht ganz sicher, aber ich glaubte, sie noch nie gesehen zu haben. Hilde verließ das Vorzelt mit dem Autoschlüssel, aber ohne Heinrich, Benedikt und Sophia. »Anne, komm mal schnell! Schau mal, was meinst du?« Jetzt waren wir wieder aufgefallen. Hilde grüßte herüber und verschwand Richtung Parkplatz. »Eindeutig Sonnenbank!«

»Hast du Lust, ein bisschen zu kniffeln?«

Ich hatte eine Vier zu wenig und deshalb keinen Bonus. Anne hatte den Bonus, dazu den Vierer-Pasch mit neunundzwanzig.

Heinrich stand jetzt im Eingang seines Vorzeltes und hatte ein Glas Grimbergen in der Hand. Ha! Das wollte ich sehen! Kaum fielen ein paar Tropfen Regen, schon braucht der den Happymaker! Gut, dass ich das nicht nötig hatte!

Anne hatte einen Kniffel.

Tristan und Edda kamen vom Spielen. »Papa, hast du das Mädchen eben gesehen? Das war Amelie, das ist meine neue Freundin!« Wir schälten die beiden aus ihren nassen Klamotten. Wieso man eine Regenhose und eine Regenjacke trug, wenn sich das ganze Wasser nicht außen, sondern innen sammelte, würde ich wohl nie begreifen.

Wir machten einen Familienausflug zu den Duschen. Anne und Edda nahmen den linken, Tristan und ich den rechten Eingang des Waschhäuschens. Es tat gut, die warme Dusche auf der Haut zu spüren. Als wir das Waschhaus verließen und es sprühte und regnete, wusste ich nicht mehr genau, warum wir so viel Zeit und Energie zum Trocknen von Haut und Haaren verwendet hatten.

Vielleicht könnte ich Hunger haben: »Wie wär's mit Abendbrot? Wir könnten zum *Pannekoekenbakker* fahren. Der soll Pfannkuchen haben, die sind belegt wie Pizza!« – »Jetzt schon, es ist gerade fünf Uhr nachmittags!« – »Ja, später soll man auch nicht essen, sonst kann man sich die Dinger direkt auf die Hüfte tackern.«

Als das Wort Pizza fiel, veränderten sich die Mehrheitsverhältnisse schlagartig zu meinen Gunsten.

Der *Pannekoekenbakker* hatte die ungeheure Finanzkraft von Kindern – oder noch besser die von deren Eltern – erkannt. Die Buntstifte und die Ausmaltischsets lagen auf dem Tisch, bevor die erste Speisekarte kam.

Die Speisekarte bot den Kleinen nicht nur jede Menge Pfannkuchen, von denen sicher einige genau den kleinen Geschmack trafen – als süßen Belag konnte man Puderzucker oder Äpfel mit Zimt oder Kirschen wählen. Aber um die lieben Kleinen endgültig von diesem Tempel der Esskultur abhängig zu machen, griff der *Pannekoekenbakker* gar zu noch perfideren Ideen:

Wenn die Kinder zum ersten Mal die Kreationen *Pannekoek Bolognese* oder *Pannekoek Gyros* ausprobiert haben, ist es für den wohlwollenden Papa nahezu unmöglich, die Familie danach noch einmal zum Beispiel in ein schönes Fischrestaurant auszuführen. Ich warte auf den Tag, an dem erstmals *Pannekoek Frites-Mayo* angeboten wird.

Zu den Kinderpfannekuchen gab es unterschiedliche Überraschungen, entweder eine einfache *Verrassing*, eine *Grote Verrassing* oder eine *Extra grote Verrassing*! So verließ man das gastliche Haus nach jedem Besuch mit einer Zugabe wie etwa einer Arielle-die-Meerjungfrau-Taschenlampe *(Grote Verrassing)* oder einer Frisbee-Scheibe *(Normale Verrassing)*.

Im *Pannekoekenbakker* herrschte dementsprechend ein Lärmpegel, wie man ihn normalerweise nur beim Sommerfest eines vierzügigen Kindergartens wahrnehmen konnte.

Nur ein einziges Mal während unseres Besuches fiel der allgemeine Geräuschpegel unter die Achtzig-Dezibel-Grenze: Ein kleines Mädchen stiefelte aus der Damentoilette, es stand noch fast im Türrahmen, als es, so laut es nur konnte, durch den Gastraum rief: »Papa!«

Plötzlich wurde es still, so als wollten jetzt alle anwesenden siebzehn Großfamilien zunächst einmal wissen, was denn die Kleine von ihrem Papa wollte.

»Papa! Hör doch mal!« Es wurde noch stiller. »Papa, ich hab ganz doll Durchfall!«

Die Pfannkuchen waren ein Wahnsinn. Die Kinder hatten einen mit Puderzucker und *Grote Verrassing*, ich hatte Nummer 277 von über 400. Er war belegt mit Speck, Paprika, Porree und Käse, und es gab ein Schälchen Kräuterbutter dazu. Es schmeckte sensationell, aber wenn ich ehrlich sein soll, bei der 277 war es ziemlich egal, wann man ihn aß: Die Waage zeigte am nächsten Morgen unweigerlich ein Pfund mehr.

Aber erstens nahmen wir schließlich keine Waage mit in den Urlaub, und zweitens trank ich zum Ausgleich ein Mineralwasser, obwohl mich auf einem Werbeständer auf dem Tisch ein rotnasiger Mönch auffordernd anlächelte.

Der *Pannekoekenbakker* hatte eine Stempelkarte. Wenn man zwanzig Pfannkuchen gegessen hatte, kriegte man ein Badetuch!

Ich hatte den Eindruck, dass ich nur noch mit Mühe hinters Lenkrad passte, und ich musste mir eingestehen, dass wir auf das *Pannekoekenbakker*-Badetuch wohl würden verzichten müssen.

Die Wolken hingen tief über *De Grevelinge*, als wir auf den Campingplatz zufuhren. Dort, wo der Betrieb sonst mit munterem Treiben nur unzulänglich zu beschreiben wäre, war es seltsam ruhig.

Nicht einmal Norbert saß im Regen vor dem Vorzelt, um an seiner Impala zu werkeln. Vielleicht saß er ölverschmiert und von Ersatzteilen umringt im Vorzelt. Nein, das würde Josie nicht mitmachen.

Ich stellte fest, dass kein Duft von Holzkohlegrills zu vernehmen war, und mir die Frage, was man mit dem Abend noch anfangen konnte.

»Dir wachsen die Pilze aus dem Hintern! Du kannst bei diesem Wetter nichts, aber auch gar nichts mit dir anfangen.« Die Kinder waren im Bett, wir saßen im Vorzelt, der Regen sprühte und regnete auf die Zeltbahnen, und ihre Breitseite traf mich völlig unvorbereitet. »Willst du damit sagen, ich wäre ein Schönwettercamper? Kein Stück! Im Gegenteil, ich genieße es sogar, dass man mal was anderes machen kann! Wann kommt man sonst schon zum Lesen?«

»Dann lies doch was!« – »Nöö!« – »Kannst du nicht einfach mal sagen: ›Dieses Wetter geht mir auf den Sack!‹?« – »Nein, denn es stimmt ja nicht!« – »Ich gehe jetzt ins Bett und les noch was!« – »Ich nicht!«

Es gab Situationen, da versaubeutelte man sich die schönsten Gelegenheiten.

Am nächsten Morgen war ich dran mit Brötchenholen. Warum schon wieder ich? Ich hatte mich freiwillig gemeldet. Es sprühte und regnete und sprühte und regnete. Als meine Gummistiefel aus dem Vorzelt traten, vernahm man ein kräftiges Zwuatsch! Zum Frühstück besuchte uns immer eine Entenfamilie, Daisy und Donald mitsamt Nachwuchs, einfach so, um mal zu sehen, ob nicht ein paar Brötchenkrumen abfallen könnten. Wenn das noch zwei Tage so weiterging mit dem Sprühen und Regnen, dann mussten die Enten nicht mehr zu unserem Vorzelt laufen, dann konnten sie schwimmen.

Heute brauchten wir nur unsere Brötchen und die Zeitung. Heinrich stand in der Schlange direkt hinter mir. »Na, wie ist die Stimmung?« – »Na ja, was soll ich sagen, ich war heute eigentlich gar nicht dran mit

Brötchenholen, ich bin freiwillig hier, das sagt ja wohl alles.«

Ich könnte mir noch eine Zeitschrift mitnehmen. Den *Focus* oder den *Spiegel* oder... die *Bellevue*. Hunderte von Immobilien in Frankreich, Spanien, Italien, mit vielen hundert Bildern, auf jedem Bild war ein Haus, und auf jedem Bild schien die Sonne. Ich nahm die *Bellevue* mit, einfach nur, um mal etwas anderes zu lesen.

Beim Frühstück erblickte ich durch das Fenster des Vorzelts die erste helle Stelle am Himmel, direkt zwischen den beiden großen Pappeln neben der Kantine, die helle Stelle wurde immer größer und blauer, und zack – lugte die Sonne durch die Wolken.

Ich brachte den Müll in die Container. Eine nicht sezierte leere Packung Vla und ein paar andere Verpackungen in den gelben Sack, einige gebrauchte Kaffeefilter in die braune Tonne, und für den Papiermüll ein paar alte Zeitungen und eine nigelnagelneue *Bellevue*.

Manchmal ist der Urlaub kürzer, als man denkt

Doch, das Wetter schien wieder besser zu werden, dafür gab es untrügliche Zeichen. Ralf wischte die Sättel der Fahrräder trocken. Anne lieh sich bei Ans ein Wäschereckchen, was wohl bedeuten sollte, dass sie sich einen Waschtag vorgenommen hatte und dass sie vermutete, sie würde die Wäsche auch trocken kriegen.

Norbert erschien in dem Bildausschnitt, den mir das Vorzeltfenster bot. »Heute ist ein großer Tag! Heute wird lackiert, ich hab die Regentage genutzt, um mir über eines klar zu werden. Ich werde sie nicht schwarz streichen. Die Impala bleibt lila! Ich glaube, das hebt sie von allen anderen Impalas ab. Was meinst du?«

»Na ja, schön ist was anderes, aber du hast schon Recht. So bleibt sie auf jeden Fall ein Unikat!« Es gefiel mir zu sehen, dass ich ihn mit diesem einen Satz zufrieden zum Lackkaufen entlassen hatte. Gutes Wetter macht Menschen freundlicher. Ich fragte mich, wo man wohl lilafarbenen Fahrradlack erstehen konnte. Egal, Norbert würde es wissen.

Ich stand auf dem Platz und beobachtete weiter den blauen Fleck, der sich am Himmel zeigte. Ja, er wurde größer. Noch ungefähr fünf Minuten, dann würde das Blau die Wipfel übersteigen.

»Das wird noch ein Strandtag!« – »Für uns nicht«, erwiderte Hilde. »Heinrich hat einen Anruf auf dem

Handy bekommen! Er muss sofort zurück in die Firma, das ist das Problem, wenn man Prokurist ist.«

Schon wenige Minuten später wurden die ersten Taschen in den lindgrünmetallicfarbenen Mercedes getragen, Heringe wurden mit der Kombizange aus dem Erdreich gezogen, Spaxschrauben mit dem Akkuschrauber aus den kleinen Brettern entfernt.

Ich fragte Tristan und Edda, ob sie nicht Lust hätten, mit Benedikt und Sophia auf den Spielplatz zu gehen.

Ich half Heinrich, die Plastikfolie im Vorzelt zusammenzufalten. »Schade, ich wäre gerne noch eine Woche geblieben!« – »Was willst du machen, wenn der Job dich ruft…!« – »… der Job?«

Eine gute Stunde später war alles verstaut, der Weippert hing am Haken. Wir standen alle auf dem Platz und winkten dem sich entfernenden Gespann hinterher.

»Das ist aber auch wirklich blöd, wenn man sogar aus dem Urlaub zurückgerufen werden kann!« – »Ich weiß nicht, als ich eben Heinrich beim Abbauen geholfen habe, da kam es mir so vor, als wüsste er überhaupt nichts von diesem Telefonanruf! Ich glaube, der Regen war für Hilde dann doch zu viel!« – »Das kann ich eigentlich gar nicht glauben. Dafür war die Abreise doch zu überstürzt. Weißt du, was das hier ist?«

»Nein, aber du wirst es mir bestimmt verraten!« – »Das ist Hildes Fünferkarte für die Sonnenbank, und es sind noch zwei Felder frei! Sie hat sie mir geschenkt!«

Wenn Anne Waschtag hatte, hatte Anne Waschtag. Sie war dann stinksauer über die ganze Wäsche, darüber, dass sie den Entschluss gefasst hatte, diese genau an diesem Tag zu waschen, und vor allem darüber, dass sie das ganz alleine erledigen musste. Man durfte jetzt bloß nicht auf die Idee kommen, ihr dabei zu helfen. Das hatte ich in sechs Ehejahren gelernt. An diesem Nachmittag fuhr ich allein mit Tristan und Edda an den Strand.

Das war am besten: Man verzog sich aus ihrem Dunstkreis und ließ sie ihre Hände in Waschlauge und ihre Seele in Selbstmitleid baden.

Wenn dann aber abends die Wäsche getrocknet und gefaltet wieder im Schrank lag, dann war sie ausgeglichen, gut gelaunt und eine wunderbare Ehefrau!

Als ich mit Edda und Tristan im Schlepptau – beide mit einem neuen Brustbeutel im Piratendesign – wieder unseren Platz erreichte, saß sie mit einem Buch in der Sonne. Sie hatte Kaffee gekocht und ein Schälchen mit Butterspritzgebäck auf den Tisch mit der frisch gewaschenen Tischdecke gestellt.

Wieder einmal sah ich meine Anne-wäscht-am-besten-alleine-Theorie bestätigt.

Der wahre Luxus ist ein Gästezimmer

Ich habe im Urlaub natürlich auch ein Handy dabei. Aber das Handy wurde auf *De Grevelinge* nur als Anrufbeantworter benutzt, nicht dass noch jemand auf die Idee kam, mich auch zurück ins Büro zu rufen!

Um achtzehn Uhr wurde es angeschaltet, und um neunzehn Uhr wurde es wieder ausgeschaltet. Ich konnte meine Eltern anrufen, einfach mal eben durchgeben, dass wir noch lebten: Ja, das Wetter ist gut, nein, die Kinder ernähren sich nicht nur von Pommes frites, ja, ich bringe euch einen Leuchtturm in Blau-Weiß als Windlicht mit, nein, wir brechen nicht vorher ab, wir nicht! Wir halten die drei Wochen durch!

Irgendwer wollte einen Auftritt buchen, und dieser Jemand ahnte nicht, wie egal mir das im Moment war, Manni hatte Neuigkeiten aus Köln, eine Frau Schmidtbauer hatte sich verwählt, und... und Annes Eltern wollten uns am Wochenende besuchen!

Vielleicht ist diese hier die einzige Geschichte, in der die Schwiegereltern ein willkommener Besuch sind, aber es ist nun mal so.

Walter ist genau die Mischung zwischen intelligent, weise und völlig bekloppt, die man mit dem sechzigsten Lebensjahr einfach erreichen muss, und Annemie ist meine Schwiegermutter. Man soll sich als zukünftiger Ehemann ja erst mal die Mutter ansehen, wegen des Apfels, der überall hinfällt, nur nicht weit vom Stamm. Das hatte ich getan! Also, die beiden wollten uns besuchen, und das war eine prima Idee.

Unser Wohnwagen war nicht klein, aber er war zu klein für Edda, Tristan, Walter, Annemie, Anne und mich!

Wir brauchten ein Zelt. So was konnte doch nicht die Welt kosten! Ein paar Wochen vor unserem Urlaub hatte es im Aldi Igluzelte im Sonderangebot gegeben, ich glaube, für unter fünfundzwanzig Euro. Schade, dass ich damals nicht schon geahnt hatte, dass wir genau so ein Ding ein paar Wochen später als Gästezimmer bräuchten.

Und mehr als ein Igluzelt sollte es ja nicht sein. Eine schöne doppelte Luftmatratze, die zwei Schlafsäcke, die man mit den Reißverschlüssen zusammensetzen konnte, hatten wir sogar dabei! Und uns blieben noch zwei Tage, wo war das Problem?

Rinus würde ganz sicher wissen, wo man in Middelburg ein Geschäft fand, das uns ein solches Angebot offerierte.

Rinus hatte genau drei Tipps, er hatte den Stadtplan, und er hatte den Filzstift, um uns die Einkaufsziele detailgenau einzuzeichnen.

Wir brachen direkt nach dem Frühstück auf. Das erste Geschäft war ein Paradies für Angler und Outdoor-Survivor. Es gab alles: Gaskocher, Gaslampen, Schlafsäcke, in denen man auch bei minus hundertachtzig Grad noch unfallfrei übernachten konnte, und es gab Igluzelte für schlappe hundertdreizehn Euro. In diesen Igluzelten würde man auch einen

Sahara-Sandsturm überleben, aber das hatten wir ja gar nicht vor.

Der nächste Laden war ein Discounter, der normalerweise Igluzelte und Luftmatratzen führte, nur jetzt gerade im Moment, da hatten ihnen die Touristen alle Igluzelte und Luftmatratzen weggekauft, wir konnten allerdings einen Sack Holzkohle für einen Euro neunzehn kriegen und einen per Kurbel raufdrehbaren Sonnenschirm für fünfundvierzig.

Der dritte Laden war eine Mischung aus Diddl-Block-Verkäufer, Drogerie und Boutique mit angeschlossener Zelteabteilung. Das angebotene Igluzelt war grün, hatte gelbe Sturmleinen und eine Unterhaut aus Mesh, wobei der Geier weiß, was das ist! Das popelige Teil kostete dreiundsechzig Euro!

Jedes ernst zu nehmende Familienoberhaupt, das über einen Rest von ökonomischem Verstand verfügte, hätte den Laden sofort unter lautstarkem Protest verlassen. Das konnte man im nächsten Jahr immer noch beim Aldi kaufen. Nur, was hilft dir der schönste ökonomische Verstand, wenn die Schwiegereltern am nächsten Tag zu Besuch kommen!

Dreiundsechzig Euro. Die Luftmatratze war preiswerter: fünfundvierzig Euro, also auch ein mittelschweres Vermögen, vor allem, nachdem die erste Hälfte des Urlaubs schon ein ganz schönes Loch in unsere Urlaubskasse gerissen hatte. Aber sie fühlte sich sehr schön an, die Matratze, sie hatte das Gardemaß von zwei mal zwei Metern und in meinem Hirn machte sich eine Erkenntnis breit: Scheinbar lag auf der Tandem-Achse unseres Wohnwagens eh ein

Fluch, also mussten ja nicht unbedingt Walter und Annemie im Zelt übernachten!

Am nächsten Tag würden die beiden kommen, und ich freute mich sehr, dass die beiden am nächsten Tag kommen würden, aber wenn wir das Zelt an diesem Abend noch aufbauten und wenn die Luftmatratze aufgeblasen war und wenn die Kinder schließlich nur drei Meter entfernt schliefen und wenn sie tief und fest schliefen, dann... Dann klingelte das Handy.

Ich hatte mir fest vorgenommen, es immer um neunzehn Uhr auszuschalten.

Aber kurz vor neunzehn Uhr hatte mir Norbert gerade den Trick des Jahrhunderts gezeigt. Er hatte von einem alten Vorwerk-Kobold-Staubsauger den Auffangsack und die Düse entfernt. Dann passte das Rohr, das normalerweise in den Auffangsack führte, haargenau in die Öffnung unserer Doppelluftmatratze, und so ein riesiges Luftkissen füllte sich ohne jede Benutzung eines Blasebalges innerhalb von einer Minute.

Er brachte mir das Wunderding nicht einfach rüber, ich sollte eben mitkommen. Nicht dass das Teil über einen Zentner wog, sodass er eine Hilfe beim Tragen brauchte, nein! Vor seinem Vorzelt stand in frischem Glanz eine Gazelle Impala in zartem Lila, alle Chromteile blank poliert; der Gepäckträger, den er doch ziemlich ramponiert bei einem seiner Streifzüge zum Metallmüll erobert hatte, sah nun, schwarz lackiert, fast wie neu aus. Die Gummihaltebänder über dem Gepäckträger waren entweder neu oder so gut eingefettet, dass sie neu aussahen.

Ich konnte nur ganz ehrlich gratulieren. Es war ein Meisterwerk. »Im nächsten Urlaub werde ich für Josie ein Damenfahrrad finden!«

Das war Norbert, er würde das Damenrad nicht suchen, er würde es finden!

Über solchen Großereignissen konnte man schon mal vergessen, das Handy auszuschalten. »Walter konnte früher weg, wir sind in einer Stunde bei euch auf dem Campingplatz!«

Tristan und Edda warteten an der Schranke auf Oma und Opa. Johnny wollte gerade den Supermarkt auf dem Campingplatz schließen, aber man ließ mich noch eben rein, um ein mittelschweres Festmahl einzukaufen.

Wir saßen draußen, es war ein schöner, lauer Abend. Später sind wir noch einmal um den Platz gestiefelt. Annemie erzählte mir, dass es früher nebenan in Domburg ein Fischgeschäft gab, wo man wunderbaren frischen Matjes kriegen konnte. Und oben am Strand in Westkapelle, da gab es so einen Mini-Autoscooter, die Kinder mussten sich nur in die kleinen Autos setzen und aufs Gaspedal treten, und dann ging es immer im Kreis herum. Alle Kinder waren begeistert, nur Anne hatte immer gebrüllt wie am Spieß, weil sie nicht an das Gaspedal kam.

Mitten in diesem Smalltalk sah ich plötzlich meine Chance am Abendhimmel heraufdräuen: Ich bot den beiden an, im Wohnwagen zu schlafen! »Das ist ein schönes breites französisches Bett, das ist lang und breit und bequem, und Anne und ich schlafen dann so lange im Zelt!«

Annemie sagte nur: »Wir sind dreißig Jahre verheiratet! Da schleift sich so manches ein. Weißt du, wir haben mal, sogar noch vor unserer Hochzeit, Urlaub in Südfrankreich gemacht. Das war so ein ähnliches Zelt. Behaltet ihr ruhig euer französisches Bett. Ich glaube, wir werden uns auf der Luftmatratze so richtig wohl fühlen. Aber... vielen Dank für das Angebot!«

Na ja, war auch egal. Die Kinder waren völlig groggy, Tristan hatte noch mit Walter aus Weidenästen Flitzebögen gebaut, Edda hatte Annemie die Melissa vorgestellt: »Das ist meine neue Freundin, die kommt aus Iserlohn!« Sie haben Oma und Opa noch schnell den kompletten Campingplatz erklärt und sind danach schon fast beim Waschen eingeschlafen. Walter und Annemie verschwendeten in unserem neuen Gästezimmer bestimmt keinen Gedanken mehr an uns, und wir lagen in unserem französischen Wohnwagenbett, endlich allein, endlich nüchtern, endlich diese knisternde Atmosphäre.

Ich nahm sie in den Arm, ich küsste sie, ich streichelte ihre seidige Haut, ich schmiegte mich an sie, und sie sagte: »Nicht! Nicht, wenn meine Mama drei Meter neben uns liegt!«

Wie war das mit dem Fluch, der auf unserer Tandem-Achse lag? O.K., also lesen. Ich kramte wieder einmal die *Venezianische Scharade* aus dem Regal, drehte die Lampe so, dass Anne nicht beim Einschlafen gestört wurde, ich schlug die Seite auf, die durch mein Lesezeichen – die sinnlose Stempelkarte vom *Pannekoekenbakker* – markiert war, und ich vertiefte mich in die Zeilen.

»Brunetti schlüpfte neben sie unter die Decke, er spürte Paolas leichten Biss in seinem Hals...«

Ich musste ja nicht lesen, aber einschlafen konnte ich auch nicht! Ich lauschte in die Nacht. Natürlich haben Wohnwagen dünne Wände, aber eines wurde mir beim In-die-Nacht-Lauschen klar: Ben und Ritje kannten unsere Probleme nicht!

Das schöne Hotel und der Zahn der Zeit

Wenn das Wetter an diesem Morgen mitgespielt hätte, dann wäre unser Frühstück bestimmt ein bisschen lustiger ausgefallen. Der Platz neben dem traurig durchhängenden, nassen Windschutz, der unsere Frühstücksrunde beherbergen sollte, wurde gerade wieder besprüht und beregnet. Die Gummistiefel unterschiedlichster Größen standen fein säuberlich aufgereiht im Vorzelt.

Wir waren bekanntlich stolze Inhaber französischer Ultraleicht-Campingstühle, und zwar von genau vier Stück. Wohlweislich hatten wir damals in Overath noch zwei Klapphocker mitgenommen, durchaus auch reißfest, aber doch eher so dimensioniert, dass von einem Mann meiner Ausmaße nur anderthalb Pobacken auf die Sitzfläche passten.

Ich hatte das nicht für ein Problem gehalten, die Kinderpopos würden sicher draufpassen, aber die beiden Sturköpfe wollten auf keinen Fall auf so einem Hocker Platz nehmen.

Sie werden sagen, das ist doch kein Problem, da setzt man sich als Erziehungsberechtigter eben durch, und dann sitzen die halt auf den Hockern. Basta und fertig!

Schon, aber ich kannte meine Schwiegereltern zu gut. Wenn die Kinder anfingen zu nölen, dann würde es bestimmt heißen: »Dann bleibt ihr ruhig auf dem Sessel sitzen, Oma und Opa nehmen die Hocker.« Klasse! Und kaum fünf Monate später säßen wir dann wieder alle zusammen, und zwar an unserem Esstisch am Heiligen Abend. Und irgendwann würde der Satz fallen: »Wisst ihr noch, der Urlaub, als wir im Zelt schlafen mussten und auf den kleinen Hockern sitzen?«

Nein, ich nahm mir den Hocker, Anne nahm sich auch einen Hocker, und ich versuchte die Druckstellen von den Hockerstangen durch häufigeres Umsetzen gleichmäßig auf den Hintern zu verteilen. Plötzlich fand Tristan es ungerecht, dass wir auf den Hockern sitzen durften und er nicht!

Ich hätte vielleicht drüber nachdenken können, ob ich dieses Verhaltensschema im Allgemeinen für meine weiteren Erziehungsversuche nutzen könnte, aber ich wollte nicht nachdenken; ich hatte Urlaub. Ich saß auf dem großen Campingstuhl und fragte mich zum wiederholten Mal, ob mir so ein weiches Brötchen zu Hause genauso gut schmecken würde wie hier. Man könnte vielleicht einen Sack voll mit nach Hause nehmen.

Nur hatten alle bisherigen Versuche, zum Beispiel den Urlaubslieblingswein nach Hause zu importieren, immer mit Wegkippen desselben geendet.

Es war komisch, aber mittlerweile schmeckte selbst mir zum Frühstück ein Milchbrötchen mit Schokoladenstreuseln. Ich war wirklich froh, dass ich nicht der einzige männliche Erwachsene war, dem es so ging.

Walter verputzte seines auch mit sichtlichem Vergnügen. »Lasst uns heute nach Domburg fahren. Ich muss einen Matjes essen und in dem großen alten Strandhotel einen Kaffee trinken!« Man sah ihm an, dass er dieses Hotel noch mit einigen sehr angenehmen Erinnerungen verband.

Zum Glück rissen die Wolken am Vormittag wieder auf, es wurde erneut ein sehr schöner, sonniger Tag. Mein Bedarf an Regenspaziergängen am Strand war auch bis nächstes Jahr Ostern gedeckt.

In Domburg tobt das Leben. Wie soll man es am besten beschreiben? Das Marbella Südhollands? Einige Roben der durch die schmucke Einkaufsstraße flanierenden Damen lassen darauf schließen. Aber es wäre ungerecht. Domburg ist ein wirklich schönes Städtchen. Es gibt eine Haupteinkaufsstraße, die an Markttagen zur Fußgängerzone wird. Genau am Anfang dieser Straße verkauft man immer noch den besten Matjes weit und breit, die Häuser sind allesamt schön anzuschauen, und im *Verdi* gibt es die Pizzas in so unterschiedlichen Größen, dass selbst eine Familie wie unsere für jedes Mitglied die passende findet. Und in Domburg kann man shoppen gehen (der Sport-Shop hatte sogar Sweatshirts in meiner Größe).

Also: Jede Meckerei wäre ungerecht. Aber es gibt vielleicht einfach die eine Terrasse und das eine Straßencafé zu viel, um sich richtig wohl zu fühlen.

Um an das alte Strandhotel zu kommen, musste man Domburgs »Ramblas« in der Mitte verlassen und rechts in Richtung Deich abbiegen. Walter kannte den Weg noch auswendig.

Es war fast ein bisschen unwirklich. Eben noch

gingen wir durch kleine, blitzsaubere Gassen mit gepflegten kleinen Gärtchen, und bald standen wir vor einem riesigen Haus aus Steinen und weißem Holz, dem man ansah, dass das mal ein Grandhotel erster Güte gewesen sein musste. Man sah ihm aber auch an, dass das schon einige Zeit her war.

Nun war der Parkplatz vor dem Hotel zwar immer noch rappelvoll, aber nicht von den Autos der Hotelgäste. Der Parkplatz wurde benutzt, um Strandbesuchern einen Euro dreißig pro Stunde abknöpfen zu können.

Die Türen standen offen. Wir gingen hinein. Vorbei an großflächigen Bildern, die jemand gemalt hatte, der eigentlich nicht malen konnte. War das eine Ausstellung? An der ehemaligen Rezeption stand ein alter Mann, der die Tickets für den Parkplatz verkaufte. In dem alten Frühstücksraum mit Blick auf das Meer war eine Art Supermarkt untergebracht, wo man Getränke und Schwimmtiere erwerben konnte, draußen standen noch ein paar Tische und Stühle, und Pommes frites und *Frikandel speciaal* und ein Bier würde man hier sicher auch noch irgendwo bekommen können.

Wir gingen durch den Supermarkt zum Deich und ein paar Schritte weiter an den Strand.

Ich drehte mich um, und ich sah diesen prächtigen weißen Bau vor mir. Heute könnte man hier *Psycho IV* drehen. Aber vor meinem geistigen Auge hatte ich Anne im Arm, wir standen im Ballsaal des Hotels auf der Tanzfläche, das Streichorchester spielte *Tulpen aus Amsterdam*, sie trug ein viktorianisches Ballkleid, oder hieß das hier julianisch?

Ich trug einen Frack, und wir schwebten im Walzertakt über die Tanzfläche.

Tristan wollte ein Eis. Traum vorbei! Ballnacht mit zwei Kindern, die gerne Eis aßen, war eh nicht so traumhaft.

Was musste dieses Haus für Tage erlebt haben, und warum fand sich niemand, der hier mal ein paar Millionen reinsteckte und den ganzen Zauber wieder zum Leben erweckte? Es würde Domburg gut tun.

Wir kamen wieder an dem alten Mann mit seinen Parktickets vorbei. »Warum wird das Hotel nicht renoviert? Es gibt doch kein schöneres Haus weit und breit!« – »Schwamm! Es ist der Schwamm in allen Balken! Man kann es nicht mehr renovieren. Nur noch abreißen! Aber irgendwie traut sich das keiner. Vielleicht lassen sie es stehen, bis es zusammenfällt! Da vorne bauen sie jetzt ein neues Badhotel mit allem Luxus!«

Die Kinder wollten jetzt endlich ein Eis. Wir sind in den *Ijsvogel* gegangen. Noch so ein Punkt, warum man gerne in Domburg ist. Und noch so ein Punkt, warum man gerne in Domburg isst!

Beim Espresso sagte Walter: »Und das neue Hotel wird auch bald vermodern, wenn Leute wie ihr lieber campen fahren!«

Ich kannte ihn jetzt seit zwölf Jahren, und ich wusste immer noch nicht, wo bei ihm die Frotzelei aufhörte und die Kritik anfing. Er grinste sein typisches Walter-Grinsen. Es war doch nur Frotzelei.

Aber dann verließ ihn sein Grinsen: »Domburg ist nicht mehr das, was es mal war! Was hat der Alte gesagt: Sie bauen ein neues Hotel mit allem Luxus!«

Ja, das hatte er gesagt! Aber er hatte auch gesagt: »Man kann es nur noch abreißen, aber irgendwie traut sich das keiner! Vielleicht lassen sie es stehen, bis es zusammenfällt!«

»Matjes?« Seine Züge hellten sich wieder auf.

»Und einen *Genever*!«

Die unausgesprochene Frage

Ich weiß nicht mehr so genau, welcher Tag in diesem Urlaub jetzt besonders schön war. Aber ich weiß: Der Tag in Domburg gehörte dazu! Anne und Annemie stand der Sinn nicht unbedingt nach Matjes und schon gar nicht nach *Genever*, aber es war Sommerschlussverkauf.

Und wenn die tollen Klamotten schon mal fünfzig Prozent reduziert waren, dann konnte man ja auch mal ein paar Sachen kaufen, die man überall gebrauchen konnte, aber sicher nicht auf einem Campingplatz.

Anne hatte ein schwarzes Schlauchkleid gekauft und, weil die falsche Unterwäsche sich unter diesem Kleid bestimmt abmalen würde, noch ein Nichts von einem BH und einen String, der im Fernsehen unter die freiwillige Selbstkontrolle gefallen wäre.

Walter und ich hatten mit den Kindern die Trampoline aufgesucht. Zehn Minuten, ein Euro. Das war zwar noch teurer als der Parkplatz, aber es machte den beiden auch ungeheuren Spaß – Parken nicht unbedingt.

Abends saßen wir draußen neben dem blaugelben Windschutz, der Sonnenschirm verhinderte, dass der Tisch vom Tau feucht wurde, und die Kinder waren im Bett.

»Man kann das mal machen, aber für mich wäre das kein Urlaub!« Annemie war eine großartige Schwiegermutter, und was ich am meisten an ihr mochte, war ihre gottverdammte Ehrlichkeit!

»Das Frühstück machst du selber! Die Betten machst du selber! Wenn du ehrlich bist: Erholung ist was anderes!«

Wir tranken einen Rotwein aus einer komischen krummen Flasche, der im Meermarkt zwei Euro siebzig kostete, der mir wirklich gut schmeckte und den ich zu Hause wohl sofort in den Gully gegossen hätte.

Anne sagte: »Ja, aber Urlaub haben Eltern doch nur, wenn auch die Kinder Urlaub haben. Wir haben ja auch schon tolle Ferienhäuser gemietet. Und die beiden haben sich gelangweilt. Es gibt nichts Schlimmeres im Urlaub als gelangweilte Kinder!«

Verdammt, das war mein Argument! Ich hätte es gerade jetzt vorgebracht, wenn ich nicht genau in dem Moment zwei Chips mit dem Zwei-Euro-siebzig-Wein hätte runterspülen müssen.

Es machte mich misstrauisch, dass der Satz von Anne kam. Sollte ich gerade irgendetwas merken? Sollte ich merken, dass ich das ungeheure Glück hatte, mit einer Frau verheiratet zu sein, die fantastisch aussah in einem schwarzen Kleid, das sie niemals auf einem Campingplatz würde gebrauchen können?

War das jetzt nicht der pure Egoismus, den ich hier an den Tag legte? Ich bastelte mir einen Urlaub zurecht, und mit jedem Tag vergaß ich ein bisschen mehr, dass es mir nur um mich ging, dass meine Frau sich vielleicht etwas ganz anderes vorstellte. Sah ich das Glück in den Augen unserer Kinder vielleicht nur, weil ich es sehen wollte?

Walter goss Wein nach. »Es geht ja nicht darum, dass man das Frühstück selber machen muss, das ist ja keine Arbeit. Es geht doch darum, dass man im Urlaub mal Job und Nachbarn und Etikette vergisst, und es ist doch besser, man sitzt hier abends in Jeans und Rollkragenpullover vor dem Zelt, als dass man in einem tollen Hotel überlegen muss, ob sich die Kinder wohl beim Frühstück benehmen. Auch wenn man es dafür serviert kriegt!«

Schon wieder mein Argument. Jetzt wurde ich auch noch von dieser Seite verteidigt. Ich war jetzt nicht mehr nur misstrauisch. Ich hatte meinen Fehler eingesehen.

Wir lagen auf unserem französischen Bett. Ich wollte es ihr sagen:

»Du, als wir heute Nachmittag vor dem alten Grandhotel standen...« – »Ja, was war da?« – »Da sah ich uns beide auf der Tanzfläche im Ballsaal. Du trugst ein viktorianisches Ballkleid und ich einen Frack. Und wir haben getanzt!« – »Und dann?« – »Dann...«

Dann zog jemand an meiner Schlafanzughose. »Papa, ich muss mal Pipi!«

Es geht nichts über Schwiegereltern

In Noordkapelle war Markt. In Walcheren war an jedem Tag in der Woche irgendwo Markt. Aus einer ganz normalen Einkaufsstraße wurde ein bunter Marktplatz. Man brauchte gar nicht erst zu versuchen, am nächsten Tag einen anderen Markt in einem anderen Dorf zu besuchen. Das wäre sinnlos, denn am nächsten Tag standen dieselben Marktleute mit demselben Stand im nächsten Ort. Aber einen dieser Märkte muss man wirklich gesehen haben.

Man kann sich nicht vorstellen, welche Stände es da gibt. Ich hätte zum Beispiel nie geglaubt, dass es einen Marktstand gibt, auf dem nur Fahrradzubehör feilgeboten wird. Gut, man hätte in Holland darauf kommen können. Es gab Klingeln in allen Variationen, Schlösser, Ketten, Dynamos, alles! Ich kaufte mir eine Klingel mit eingebautem Kompass für zu Hause. Ich hatte zu Hause zwar noch kein Fahrrad, aber mit diesem Einkauf einen Grund mehr, mir eines zu besorgen. Für Norbert wäre es das Paradies gewesen, aber er war vor lauter Fahrradrestauriererei bestimmt nicht dazu gekommen, einen Markt aufzusuchen.

Der anwesende Steinmetz führte mich zu dem Gedanken, dass so ein gemeißelter Löwe vor dem Vorzelteingang auf unserem Platz ein absolutes Unikat wäre. Aber wahrscheinlich hatten wir nur diesen einen Campingurlaub, und so ein Löwe hatte eine Abschreibungsdauer, die unseren von mir prognostizierten Campingplatzzyklus bei weitem überstieg.

Hatte ich schon erwähnt, dass Holländer Käse machen können, also neben *Drempels* und Fritten. Der Käsestand verfügte über ein Gouda-Angebot, das meine kühnsten Erwartungen übertraf.

Ich hatte in den letzten Jahren schon erfahren, dass der junge Holländer mild und sahnig anmutete, der mittelalte würzig und kräftig; aber der alte Holländer, der war so richtig scharf. Ich kann das beurteilen, ich habe beruflich seit einiger Zeit mit einem alten Holländer zu tun.

Aber ich erfuhr erst an diesem Käsestand auf dem Markt in Noordkapelle, dass es den Holländer auch als Sambal-Gouda gibt, mit Kümmel, mit Pfeffer, mit Kräutern oder auch so alt, dass die Konsistenz eher an einen Parmiggiano erinnert! Dazu haben wir einen gekauft, der seitdem als Suppengemüse-Käse in unsere Speisekarte eingegangen ist. Es war ein Gouda mit Sellerie, Zwiebeln, Möhren und Knoblauch. Ich weiß, das klingt unwahrscheinlich, aber der schmeckte wirklich sensationell!

Poffertjes sind eigentlich Pfannkuchen in der Größe eines Zwei-Euro-Stückes. Man kann sie mit Butter, Sirup oder Grand-Marnier bekommen.

Hölzerne Buddhas, Badetücher mit dem Vereinsabzeichen von Feyenoord Rotterdam, Tischdecken, Salami in fast den gleichen Geschmacksrichtungen wie vorher der Käse, alles das konnte man auf fünfhundert Metern Marktstraße kaufen.

Aber die Marktleute wären keine Marktleute gewesen, wenn sie nicht auch noch einen Spielzeugstand gehabt hätten, an dem sich Tristan und Edda gar nicht satt sehen konnten. Eine Hüpfstange (ersparen Sie mir zu erklären, was das ist!), ein Federballspiel mit Netz und ein Memoryspiel wechselten unter Hinzunahme einiger Euroscheine den Besitzer. Den weißen langhaarigen Hund, der erst bellte und dann einen Handstandüberschlag rückwärts vollführte, konnte ich nur mit Mühe abwehren.

Noch interessanter als der Spielzeugstand waren zwei Kaltblüter. Belgier, also nicht richtige Belgier mit einem rotweißen Nummernschild, sondern Belgier als Pferderasse. Belgier sind sozusagen die Diesel unter den Pferden. Langsam, gemütlich, sparsam im Verbrauch und enorm zugkräftig. Es waren zwei riesige Exemplare, die dort am Ende der Marktstraße standen, um für das am Abend stattfindende *Ringrijden* zu werben.

Ringrijden ist eine alte Tradition in Walcheren und wahrscheinlich weit darüber hinaus.

Schlanke Menschen reiten auf diesen dicken Pferden wie bei einem Ritterturnier mit hoher Geschwindigkeit auf an einem Seil befestigte Ringe zu, um die mit einer Lanze aufzuspießen. Bei jedem Ritt vermutet man zunächst ein leichtes Erdbeben, aber es sind doch nur die gewaltigen Hufe der riesigen Tiere, die den Boden unter unseren Füßen erzittern lassen.

Mit jeder Runde wird der Ring kleiner, am Ende ist er nicht mehr viel größer als der, den Anne mir bei unserer Trauung auf den rechten Ringfinger steckte.

Tristan und Edda durften die Pferde mit Möhren und Äpfeln füttern, sie durften sogar auf den Pferden sitzen, und für die beiden war der Verlauf des Abends somit geklärt.

Wir saßen draußen und tranken Kaffee, und die beiden quengelten: »Papa, gehen wir nachher zum Ringereiten? Bitte, bitte, bitte!«

Ich wurde von einer Antwort abgehalten, weil Norbert plötzlich völlig bedröppelt vor uns stand. Ich kam nicht einmal dazu, ihm von dem Fahrradzubehör-Marktstand in Noordkapelle zu erzählen. Und es war ein Glück, dass ich nicht dazu kam.

»Kannst du dir das vorstellen? Ich stehe vor dem *Zeerover* an dem Fahrradständer und will meine Impala wieder aufschließen, da steht ein Typ vor mir, zeigt seelenruhig mit seinem blöden Zeigefinger auf mein Meisterwerk und sagt: ›Mein Fahrrad!‹ Ich sage: ›Das kann gar nicht sein, das Fahrrad habe ich bei uns auf dem Campingplatz auf dem Metallmüll gefunden!‹ – ›Mein Fahrrad, das wurde mir genau hier vor dem *Zeerover* in den Osterferien gestohlen. Und das war mein Konfirmationsfahrrad, daran hänge ich. Das hat für mich auch einen ideellen Wert! Ich hab das damals als Student eigenhändig lila gestrichen!‹«

Ich ersparte mir den Einwand: »Hättest du dir lieber schwarzen Lack besorgt!« Dieser Gedanke war Norbert in den letzten zwei Stunden bestimmt schon zwanzigmal durch den Kopf gegangen.

»Haben Sie das Fahrrad denn jetzt noch?«, wollte Walter wissen. »Nein, ich habe nur diese Visitenkarte:

Gerhard Schulte-Overmühl aus Borken, Rechtsanwalt!« – »Ach, du liebe Güte, auch noch Rechtsanwalt, da haben Sie wirklich schlechte Karten!« – »Das fürchte ich auch. Ich gehe jetzt in die Kantine, und da trinke ich zehn oder zwölf Bier!« Er ergriff die Flucht.

Walter ergriff die Initiative: »Heute macht ihr mal frei. Wir gehen mit den Kindern zum *Ringrijden*! Wir kommen nicht vor zehn Uhr wieder, und ihr macht euch mal einen schönen Abend!«

So geht das nicht

Niemand wusste, wie das Wetter würde. Wir haben die Kinder nach der Zwiebelmethode angezogen, einfach einige Pellen übereinander: T-Shirt, Pullover, Jacke, Regenjacke. Dann konnte man je nach Wetterlage ablegen, was einem gerade so passte. Es gibt ja kein schlechtes Wetter, es gibt nur...

Freudestrahlend schoben unsere beiden mit Oma und Opa ab. Jetzt saßen wir da, vor unserem Wohnwagen. Keine Kinder, keine Mutter, die drei Meter entfernt schlief, nichts, was uns noch hätte hindern können...

Aber so direkt von den Eltern zum Sex aufgefordert werden... das ging nicht!

Wir saßen da! Wir dachten wohl beide dasselbe! »Sollen wir auf ein Grimbergen in den *Zeerover* fahren?«

Wir nahmen die Barbourjacken vom Haken, versicherten uns, dass die Stempelkarte in der Tasche war, und holten uns die Räder. Wir mussten einen kleinen Umweg nehmen. Wegen des *Ringrijdens* mussten wir südlich am Dorf vorbei durch den Wijkhuisje Weg fahren.

Manchmal am Abend zaubert die tief stehende Sonne über Walcheren ein Licht, das man gut sehen und genießen, aber nur schlecht beschreiben kann.

Es ist ein Licht, in dem die Konturen schärfer erscheinen, ein Licht, in dem die Bäume und Büsche mehr Grüntöne haben als sonst. Es erinnert ein bisschen an Mallorca im Mai, wenn die Blätter der Feigenbäume so groß werden, dass der Baum endlich grün erscheint.

An diesem Abend gab es so ein Licht. Oder vielleicht gab es das jeden Abend, und ich nahm es nur an diesem Abend wahr.

Die Fahrradständer zwischen Parkplatz und Strand waren schon ziemlich verwaist. Es war nach acht, ich wusste eigentlich gar nicht, wie lange der *Zeerover* geöffnet hatte.

Es war schon eine klasse Idee, die Terrasse mit Glaswänden vor dem Seewind zu schützen. Es war angenehm warm, auch noch um diese Zeit. Die tief stehende Sonne über dem Meer, das konnten Eltern von drei- und fünfjährigen Kindern gar nicht erleben, wenn nicht gerade die Schwiegereltern zu Besuch waren.

Am Strand waren heute gleich fünf Leute mit Kopfhörern unterwegs. Nicht mit diesen kleinen Ohrsteckern, sondern mit richtigen Kopfhörern. Zu diesem Siebziger-Jahre-Modell gehörte noch eine Stange, die man vor sich her schwenkte. Unten an der Stange war eine tellerähnliche Apparatur angebracht. Alles zusammen, also Kopfhörer, Stange und Teller, ergab einen Metalldetektor. Damit suchte man abends den Strand ab nach Münzen oder Armbändern, und wenn man Glück hatte, hatte Königin Beatrix genau an diesem Tag ihre Krone hier am Strand verloren.

Die Realität war natürlich profaner. Man fand wahrscheinlich eher mal ein vergrabenes Schäufelchen und jede Menge Verschlüsse von Coladosen.

Der Kellner mit der Pfeife hieß Robert, das wusste ich mittlerweile, er kam an unseren Tisch, ich glaube, die Pfeife brannte jetzt tatsächlich. Wir hatten noch gar nicht in die Karte geschaut! Macht nichts, er würde wiederkommen.

Auf der Terrasse saßen vielleicht noch zwölf Leute, und Anne und ich amüsierten uns über die Speisekarte. Glühwein! Das konnte man sich an einem solchen Abend wirklich nicht vorstellen.

Uitsmijter, das sollte eine Art Strammer Max sein, das hatte ich schon mal irgendwo gehört, aber was zum Teufel waren *Sliptongetjes*? Es waren kleine Seezungenfilets, und die waren im *Zeerover* göttlich!

Eigentlich brauchte ich kein Grimbergen. Ich war happy! Die Sonne berührte jetzt bald die Nordsee, und in dem Moment, als es passierte, erklang plötzlich Musik, »erklang« ist vielleicht das falsche Wort: Die Lautsprecheranlage auf der Terrasse des *Zeerover* war wirklich ausbaufähig. Aber das war uns in dem Moment egal. Es war *Once upon a time in the West* von ... ich glaube, Morricone, aber sicher bin ich mir nicht. Ich hatte eine Gänsehaut auf den Armen, und jetzt schob sich ein dicker Frachter vor die Sonne, ein Segelschiff wäre noch romantischer gewesen, aber auch das war mir in dem Moment egal. Das Lied war genau in dem Moment zu Ende, als der letzte kleine Punkt Sonne am Horizont verschwunden war.

Ich weiß, Sie werden jetzt sagen, noch kitschiger

geht ja wohl gar nicht. Das stimmt, aber es stimmt nur, wenn man nicht gerade in diesem Moment auf der Terrasse des *Zeerover* sitzt.

Es war immer noch warm, viele bunte Drachen in allen möglichen Formen und Farben spielten am Abendhimmel, und Robert mit der Pfeife hatte sich scheinbar vorgenommen, uns einfach einen schönen Abend zu machen.

Wir verließen den *Zeerover* um kurz vor zehn. Wir gingen noch eben runter zum Meer. Es zog sich gerade wieder zurück, gesteuert von dem silbernen Mond, der als fast volle Scheibe gut zu sehen war. Es wurde immer dunkler, die ersten Sterne erschienen am Himmel. Jede Minute kamen weitere dazu. Entweder gab es hier mehr, oder man schaute zu Hause nicht so genau hin!

Arm in Arm gingen wir den Weg vom Deich zu den Fahrrädern. Sie standen in den Fahrradständern an dem Naturschutzgebiet. Noch vielleicht hundert Meter. Da blieb Anne stehen.

»Jetzt?« Sie legte mir die Arme um den Hals.
»Hier?«
»Wo denn sonst?«

Ich griff den obersten Stacheldraht und den darunter liegenden. Ich zog die beiden Drähte so weit auseinander, dass sie hindurchschlüpfen konnte. Ich stieg auf den oberen Draht und sprang mit einem Satz hinterher.

Da war irgendein Geräusch, das ich nicht näher identifizieren konnte. Vielleicht fühlte sich eine Fasanenfamilie aufgescheucht und suchte das Weite.

Das Vogelschutzgebiet ist eine Dünenlandschaft, von einigen Gräsern und Büschen gegen die Erosion geschützt, mit Stacheldraht umzäunt, der – nicht wirklich wirksam – Eindringlinge abhalten soll.

Wir stiefelten durch den verbotenen Sand, bis die Geräusche aus dem *Zeerover* nicht mehr zu hören waren.

Vielleicht noch ein paar Möwen, ich weiß es nicht mehr. Vielleicht noch ein paar Sterne, das weiß ich noch genau.

Sie blieb stehen, sie stieg aus ihrer Jeans, sie zog sich den Pullover über den Kopf. Wir legten uns in den Sand. Der Sand war schon ein bisschen feucht, aber das war uns völlig egal. Als ich ihren BH öffnete, war es dieses Gefühl, das man vielleicht als Siebzehnjähriger hat, wenn man bei der Klassenfahrt aus der Jugendherberge ausbüchst.

Sie streichelte mich, und dabei klebte ein bisschen Sand an ihren Händen. Wir küssten uns, ich spürte ihre Lippen auf meinem Mund, an meinem Hals, auf meinem Bauch...

Ich weiß nicht, was die Möwen machten, wir flogen einfach weg.

Was auf der Hinfahrt ins Auto gepasst hat, muss jetzt wieder passen

Immerhin hatten wir beim Abbauen in einem Punkt mehr Glück als beim Aufbauen. Es war trocken, kein Wölkchen am Himmel.

Detlef und Jutta hatten angeboten, Tristan und Edda mit auf den Spielplatz zu nehmen. Da war sie wieder, diese berühmte Campersolidarität. Beim Zeltabbauen kann man nicht nur keinen Regen gebrauchen. Störend sind auch Kinder.

Kinder stehen einem Naturgesetz folgend beim Zeltabbauen immer da, wo man entweder in dem Moment hintreten muss oder wo gerade eine Stange zu Boden fällt. Und Kinder haben eine besondere Art, Spielzeug zu verstauen. Sie schaffen es instinktiv, dabei den größtmöglichen Rauminhalt auszufüllen. Außerdem wollen sie auch alles mitnehmen, was irgendwann gebastelt oder gemalt worden ist. Und das waren einige Zentner Papier und voll gekritzelte Malbücher, mal ganz abgesehen von den diversen Flitzebögen, Weidenangeln, der Dampfwalze aus den Überresten diverser Toilettenpapierrollen und zwei Zentnern Muscheln und Steine.

Anne und ich suchten nach bestem Wissen und Gewissen die schönsten aus. Das musste schließlich alles eingepackt werden.

Es war nicht einfach. Wir hatten scheinbar gut

eingekauft. Einen Windschutz, einen Sonnenschirm, einen Fahrradständer, ein Windlicht und und und. Ich war wirklich froh, dass wir die Fahrräder und die Kindersitze ganz normal wieder bei Jan Wagemakers abgeben konnten. Walter und Annemie waren schon damit unterwegs ins Dorf. Wie gut, dass wir dem Wettlauf *noch* widerstanden hatten, der elektrische Rasenmäher hätte uns vor große Probleme gestellt.

Es war nur natürlich, dass es schwer fiel, die Koffer zu packen, wenn die schon auf der Hinfahrt ziemlich voll gewesen waren und man im Urlaub die Kreditkarten-Jonglage trainiert hatte.

Zum Glück hat so ein Wohnwagen immer noch irgendwo ein Staufach. Mit dem Flieger zurück von Mallorca hätten wir in der Abflughalle – also bei den Hühnern aus der Bodenhaltung, wie der Lufthansa-Kapitän gern schelmisch spricht – für einiges Aufsehen gesorgt. Wir wären aufgeschmissen gewesen. Aber auch so konnte ich nur hoffen, dass niemand auf die Idee käme, auf der Autobahn eine Wohnwagenwaage zu installieren.

Das mit den Koffern war also nur natürlich. Aber wieso zog man ein Vorzelt beim Aufbauen einfach so aus der dafür vorgesehenen Vorzelttasche und beim Abbauen passte es nicht mehr rein?

Ich breitete es noch mal auf dem Platz aus, um beim Zusammenrollen auf den Knien Zentimeter für Zentimeter jedes bisschen Luft aus den Zwischenräumen vertreiben zu können.

Norbert kam mir völlig unerwartet und unbeabsichtigt zu Hilfe. Eigentlich wollte er keine Campersolidarität demonstrieren, sondern nur eine Kopfschmerztablette haben.

»Na, war wohl doch keine so gute Idee mit den zehn bis zwölf Bier. Jetzt hast du nicht nur kein Fahrrad mehr, sondern auch noch Kopfschmerzen dazu!« – »Im Gegenteil, das war eine klasse Idee, denn gestern hatte ich scheinbar meinen Rechtsanwälte-Tag. Ich saß also am Tresen und hab dem Mann neben mir die ganze Geschichte erzählt, da sagt der zu mir, er wär der Heinz und er wär auch Rechtsanwalt und er hätte mit diesem Schulte-Overmühl zusammen studiert und es würde ihm gar nicht so wenig Spaß machen, mich in dem Rechtsstreit zu vertreten!

Weißt du, der Heinz sagt, ich soll ihm die ganzen Rechnungen von Jan Wagemakers präsentieren, die hab ich ja zum Glück alle noch. Und dann muss ich nur noch eine Aufstellung der ganzen Arbeitsstunden schreiben. Ich hab mal überschlagen, das müssten bestimmt über fünfundzwanzig sein. Und die veranschlagen wir dann mit zwanzig Euro. Ehrlich, schon nach dem sechsten Bier waren wir bei fast siebenhundert Euro. Wenn der das Fahrrad wirklich behalten will, dann kauf ich mir eine nigelnagelneue Impala. Jetzt stell dir vor, ich wäre gestern Abend nicht einen trinken gegangen!«

Anne musste mit dem Wagen los, um Walter und Annemie bei Jan Wagemakers aufzusammeln.

Ich saß auf dieser prallen grauen Plastikwurst, die bis gerade eben noch ein Vorzelt gewesen war. Das Gras, das von unserer Teppichfolie am Atmen gehindert worden war, lag ziemlich platt und ganz hellgrün da. Es würde wohl noch ein paar Tage und vor allem ein paar Regenschauer dauern, bis die ersten Halme sich wieder fröhlich in die Seeluft reckten. Aber wenn ich den Mann im Radio richtig verstanden hatte, dann war in den nächsten Tagen genau damit zu rechnen!

Rinus setzte sich neben mich. »Sieht immer schlimm aus, wenn man abgebaut hat.« – »Oh ja!« – »Kommt ihr nächstes Jahr wieder?« – »Ich weiß es nicht. Mal sehen!«

Anne fuhr den Wagen vor. »Wo sind Walter und Annemie?« – »Die wollten noch was besorgen.« Ich setzte den Wagen mit der Anhängerkupplung in Richtung Deichsel. Die Stützen wurden hochgekurbelt, die Bremse gelöst. Rinus packte mit an. Detlef und Jutta kamen genau zum richtigen Zeitpunkt vom Spielplatz zurück. »Und noch mal hauruck!« Der Dethleffs 560 TK war ein ziemlich störrisches Biest. Rinus meinte mal wieder: »Ohne Tandem-Achse lassen sie sich leichter schieben!« – »Ja, das schon...!«

Walter und Annemie hatten zwei große Papiertüten dabei. »Ihr könnt doch nicht ohne eine vernünftige Henkersmahlzeit abhauen. Hier, die große Auswahl: Kroketten, Gulaschkroketten, *Frikandel speciaal*, *Bitterballen* und Fritten bis zum Abwinken.«

Na, Hunger würden unsere beiden Mäuse auf der Fahrt nicht kriegen. Und sie schienen sich tatsächlich auf die Fahrt zu freuen. Tristan hatte auch schon beim Brötchenholen dafür gesorgt, dass nicht zu wenig Proviant im Wagen wäre. Edda hatte sich bereits von allen möglichen Freundinnen verabschiedet. Da fiel mir wieder ein, was ich vergessen hatte. Ich musste doch noch eine neue Benjamin-Blümchen-Kassette besorgen. »Wieso?«

Detlef konnte sich gar nicht mehr einkriegen: »... aus dem Fenster geworfen? Du hast es tatsächlich durchgezogen? Ich habe schon ein paar Mal mit dem Gedanken gespielt. Aber man muss doch auch an die Rückfahrt denken.« Jutta bot spontan Hilfe an: »Eine Benjamin-Blümchen-Kassette können wir euch leihen. Wir haben noch zwei *Bibi Blocksberg* und einen Rolf Zuckowski. Schickt sie uns einfach hinterher wieder zu.« Sie holte die Kassette. *Benjamin Blümchen ist verliebt*! Ich bin der glücklichste Elefant der Welt!

Wir hielten vor der Schranke. Jonas und Michel waren zum Winken mitgekommen. Wim hatte die Rechnung schon vorbereitet.

»Ich hoffe, Sie hatten einen schönen Urlaub! Kann ich sonst noch etwas für Sie tun?«

Anne legte die Hand auf meinen Arm. »Ja! Sie können uns für nächstes Jahr so einen Stellplatz mit eigenem Duschhaus reservieren.«

Als ich im verbreiterten Rückspiegel den Campingplatz immer kleiner werden sah – mit der Schranke, mit Wim und vier kleinen winkenden Gestalten, da wusste ich: Wir würden zurückkehren.

Sofort. Denn – wir hatten die Kinder vergessen...

Anhang

Dieses Buch braucht eigentlich keinen Anhang, aber ich habe in meinen mittlerweile sechs Campingurlauben in Holland so viele Romane gelesen, die alle einen Anhang im Anhang hatten, dass ich beim besten Willen nicht auf einen solchen verzichten kann.

Ich sitze im Vorzelt, der Regen tröpfelt gemächlich auf die Zeltbahnen, ich trinke kein Grimbergen, sondern einen Chablis, und die Flasche ist noch nicht leer!

Anne liegt im Bett und liest, Edda und Tristan liegen in den Betten und schlafen. Ich sitze hier an meinem Laptop, und ich bin ein bisschen enttäuscht, dass die Geschichte schon zu Ende ist.

In Anhängen muss man immer behaupten, dass die Geschichte frei erfunden ist. Das stimmt aber nicht. Natürlich sind einige Passagen frei erfunden, aber große Teile musste ich nicht erfinden, denn wir haben sie hier einfach genau so erlebt. Ich finde das Wort autobiografisch faszinierend, scheue mich aber schon ein bisschen davor, es hier zu gebrauchen.

In Anhängen muss man den Leuten danken, die bei der Recherche geholfen haben. Dann danke ich also zunächst mal Jan, der tatsächlich ohne großes Federlesen das Muschelrezept verraten hat, und Detlef, Rinus, Norbert, Ralf und Alfred und vor allem Alfreds Schwiegervater, dem armen Kerl, der in Wochen und Monaten ein Fahrrad restauriert hat.

Dann danke ich noch Anne, nicht so sehr dafür, dass sie sich mit dem Campingurlaub abgefunden hat, sondern mehr dafür, dass es sie gibt!

Dann muss man in einem Anhang, der – wie ich mit Erschrecken feststelle – viel zu kurz ausfällt, noch einen Ausblick gewähren, einen Tipp an die Leser. Nun, der fällt mir ziemlich leicht.

Wenn Sie irgendwann mal auf die Idee kommen, dass Eltern nur dann richtig Urlaub haben, wenn auch die Kinder Urlaub haben, dann sind Sie – meiner Ansicht nach – auf dem richtigen Weg!

Wenn Sie außerdem auf die Idee kommen, es mal mit Campingurlaub zu versuchen, dann sind sie – meiner Ansicht nach – auf diesem Weg schon ein gutes Stück vorangekommen.

Wenn Sie sich dann allerdings im ADAC-Campingführer einen Platz in Walcheren aussuchen, dann sind Sie – meiner Ansicht nach – nah am Ziel!

Und wenn Sie dann feststellen, dass es so weit nördlich auch im Sommer keine Sonnengarantie gibt, dann denken Sie einfach an den wichtigen Satz:

»Es gibt kein schlechtes Wetter, es gibt nur falsche Kleidung!«

Anhang II

Ach, übrigens: Sie heißen Detlef und Rinus. Und nur für den Fall, dass Sie sich Sorgen machen: Den beiden Hängebauchschweinen geht es wirklich gut. Natürlich ist so ein Reihenhausgarten nicht übermäßig groß, da muss man halt ab und zu Gassi gehen! Und natürlich fragen mich die Passanten dann manchmal, ob Hängebauchschweine wirklich gute Haustiere sind. Dann sage ich: »Ja sicher, beide gehen bei Fuß und gehorchen sofort bei ›Sitz‹«!

Und wenn dann jemand fragt, wie man auf eine solche Idee kommen kann, dann antworte ich: »Ach, wissen Sie, Edda vergisst nie was!«

»Bernd Stelter –
über seine Gags
brüllen Millionen.«

BILD

Auch als Hörbuch erhältlich!

Bernd Stelter liest

*Nie wieder
Ferienhaus*

2 CDs, ca. 150 Minuten
ISBN 3-7857-1405-X

Mit seiner angenehmen Stimme erzählt Bernd Stelter über die Freuden und Tücken des familienfreundlichen Campingurlaubs – urkomisch, augenzwinkernd und mit einer gesunden Portion Selbstironie. So lieben ihn seine Fans!

Lübbe Audio